江苏公安作家丛书

# 天眼

王少鹏/著

天眼

**图书在版编目（CIP）数据**

天眼 / 王少鹏著 . —北京：群众出版社，2015. 5

（江苏公安作家丛书）

ISBN 978 – 7 – 5014 – 5287 – 3

Ⅰ. ①天…　Ⅱ. ①王…　Ⅲ. ①报告文学—中国—当代　Ⅳ. ①I25

中国版本图书馆 CIP 数据核字（2014）第 241976 号

**天　眼**

王少鹏　著

出版发行：群众出版社

地　　址：北京市丰台区方庄芳星园三区 15 号楼

邮政编码：100078

经　　销：新华书店

印　　刷：北京通天印刷有限责任公司

版　　次：2015 年 5 月第 1 版

印　　次：2015 年 5 月第 1 次

印　　张：6

开　　本：880 毫米 × 1230 毫米　1/32

字　　数：150 千字

书　　号：ISBN 978 – 7 – 5014 – 5287 – 3

定　　价：24. 00 元

网　　址：www. qzcbs. com

电子邮箱：qzcbs@ sohu. com

营销中心电话：010 – 83903254

读者服务部电话（门市）：010 – 83903257

警官读者俱乐部电话（网购、邮购）：010 – 83903253

文艺分社电话：010 – 83903973

# 期待江苏公安文化的春天

祝春林

在深入学习贯彻党的十八大和十八届三中全会精神、大力推进文化强警战略的重要时刻，《江苏公安作家丛书》编辑出版了，这是江苏公安文化建设取得的又一显著成果。

公安工作的根基在基层，公安文化的根基也在基层。多年来，各地公安机关在坚持政治建警、从严治警的同时，牢固树立文化育警理念，积极探索具有时代特征、体现警察特色的公安文化建设新路子。各级公安文联紧紧围绕公安中心任务，积极开展丰富多彩的文化活动，努力培养公安文艺人才，为推进公安文化建设做了大量卓有成效的工作。江苏公安文联成立六年来，在江苏省公安厅党委的坚强领导下，确立了“打基础、上台阶、求发展”的工作思路，积极发挥职能作用，制定了一系列规章制度，成立了五个门类的专业协会，实现了十三个地级市公安文联组织的全覆盖，赢得了各级领导的充分肯定和基层民警的普遍赞誉。

这次编辑出版《江苏公安作家丛书》，是江苏公安文联推进公安文化建设、繁荣公安文学事业的一项重要举措，既是对最近一个阶段江苏公安文学创作的一次汇集和展示，又是对今后江苏公安文学发展的一次激励和引导；既是对基层公安文学人才的扶持和帮助，又是对涌现更多公安文化人才的期待和呼唤。相信本书的出版，能对宣传江苏公安在新一轮平安建设中取得的重大成就、进一步弘扬人民警察核心价值观、增进社会各界对公安工作的理解和支持发挥重要作用。

十八届三中全会吹响了全面深化改革的号角，也对文化体制改革和发展作出了全面部署，社会主义先进文化包括公安文化正面临着难得的历史发展机遇。衷心希望江苏公安文联进一步提高文化自觉，增强文化自信，牢牢把握先进文化的前进方向，大力支持、积极鼓励、正确引导公安文学创作，努力为广大公安文艺工作者创造良好的创作条件和环境，推进公安文艺创作和公安文化建设的大发展、大繁荣。热切期望广大公安文艺工作者在继承优良传统的基础上，坚持解放思想、与时俱进、推陈出新，创作出更多、更好的具有强烈时代特征和警察行业独特魅力的、思想性和文学性俱佳的精品力作。

我们期待，江苏公安文化繁花似锦、万紫千红的春天早日到来；我们深信，江苏公安文化一定会成为全国公安文化百花园中的一派壮美秀色。

是为序。

2014 年 10 月 10 日

（序作者系全国公安文联主席）

# 目　录

有人说，男人的黄金时期在三十岁至五十岁之间。我要抓紧这段宝贵的时间，为我热爱的公安事业多做些事情……

# 一、“神探”之路

人类的幸福和欢乐在于奋斗，而最有价值的是为理想而奋斗。

——苏格拉底

**【个人档案】**

刘光兵，1968 年生，扬州市公安局运东派出所副所长。

1989 年从警，干交警十四年。

2003 年调入派出所，从事刑侦工作。

2003 年至 2012 年，共破获各类案件七百余起，抓获犯罪嫌疑人三百七十余名，为国家、集体、个人挽回经济损失近八百五十万元。

曾荣立个人一等功一次、个人三等功两次。

2009 年被扬州市公安局评为“沈高芳式刑警”、“十佳勤政廉政先进典型”。

2010 年被扬州市委政法委授予“人民满意政法干警”光荣称

号，同年被扬州电视台评为“扬州年度十大新闻人物”和“年度勇敢人物”。

2011 年被评为“江苏省先进工作者”、“江苏省公安机关侦查标兵”。

2012 年获“全国优秀人民警察”光荣称号。

2009 年以来，《法制日报》、《人民公安报》、《新华日报》、《扬子晚报》、《现代快报》、《江南时报》、《南京晨报》等多家媒体报道了他从事刑侦工作的先进事迹。他被群众誉为“破案高手”、“科技神探”、“扬州神探”等。

## （一）在故乡的日子里

刘光兵的老家在新坝。

新坝原是扬州市邗江县的一个乡，在扬州城东南，紧靠长江边。刘光兵的家在新坝小乾村。小乾村是个很大的村子，有百余户人家，一排排房屋掩映在绿树烟霭之中。村子周围是绿野平畴、池塘河道。从清晨到黄昏，鸡鸣狗吠，牛羊进出，一派祥和的景象。

刘光兵有一姐一弟，他是老二。父亲有些文化，早年在村里做赤脚医生。村里给他专门安排了个诊所，负责给村里人看病、开药。母亲在村里种田。

小的时候，刘光兵十分调皮，跟村里的小伙伴们一起，经常爬树上屋、捞鱼摸虾、偷瓜摘枣，有时还打架滋事，弄得皮破血出。记得有一次，一个玩伴欺负了他。这个玩伴比刘光兵高一头，有点儿仗势欺人。刘光兵不想跟他斗，就让着他。可这一让，对方欺负得更凶了。刘光兵被逼急了，就玩儿命地跟他打了起来。刘光兵用头拱他的肚子，一下就把他拱到沟里去了。从此以后，这个高个子的玩伴再也不敢欺负他了。

刘光兵对小时候看电影的事记忆犹新。二十世纪八十年代，电影《少林寺》在全国风靡一时，可刘光兵住在乡下，无法及时观看。一天，他听说共青团农场晚上要放《少林寺》，早早地就回到家里吃晚饭了。晚饭后，他把碗一丢，就往那里跑。共青团农场离小乾村大约有二十里路，跑到那里，电影已经放了一少半。他看过电影往家走，走呀走，走不动了，硬是坚持，到家时人都要瘫了。

刘光兵小学上的是小乾村小学，初中上的是长生中学。这两所学校都是村级学校，条件不怎么好。篮球场上铺的水泥坑洼不平，有些残缺。因为有牛羊从操场上经过，教室前面经常有牛粪。上课的老师就更不用说了：初中教他们英语的是个镇上的高中生。刘光兵上了高中之后才发现，初中学的一些基础单词发音不准。他参加高考时，有一位初中教过他的老师跟他坐在同一个考场。如今，这两所学校都已被撤并，不复存在了。

他高中是在红桥中学上的。整个中学时代，刘光兵学习有些偏科，数、理、化成绩挺好，当过课代表，可语文、英语成绩始终上不去。1987 年是刘光兵的高考年。刘光兵至今仍清楚地记得，进考场的前一天，天气闷热，气温高达四十摄氏度。他跟同学们一同睡在邗江招待所（现为扬州市石塔宾馆）里。那一夜，他瞪着黑漆漆的屋顶，心里紧张，严重失眠。他报的是江苏省公安专科学校。从小到大，他最喜欢看破案的电影，十分敬佩那些大智大勇、深入虎穴、为民除害的英雄。他很想被江苏省公安专科学校录取，将来做一名人民警察。可是，二十世纪八十年代，国家的高考还没有“放开”，全国招生人数不足现在的十分之一，高考难度很大。因此，刘光兵最终以十三分的差距未能被录取。

高考的失利对刘光兵的心理是有打击的。父母知道他的心情，要他复读，指望他第二年能被录取。刘光兵又何尝不这样想呢？可他看看家里的状况，动摇了。父亲做村医，每月只有二十元的收入。母亲身体一直有病，不能下地干活。打的粮食不够吃，到了青黄不接的季节，一家人喝的稀粥能照出人影。姐姐即将嫁人，弟弟还在读书。刘光兵觉得自己已经长大成人了，理当为父母分忧。考虑再三，他决定不再复读，赶紧回家种田，或找一份工作做。刘光兵一再坚持，父母最终同意了他的决定。

中学时代，刘光兵参加过一次防洪抗洪活动。那一年五六月份连降暴雨，江水逐日上涨，村里要求每家派一个人上江堤巡逻。刘光兵那一年十八岁，自告奋勇地去了。巡逻的人分为两班，上半夜一班，下半夜一班。刘光兵按时赶到了大堤上。头顶上是滚滚的黑云，身边是滚滚的江涛，天边不时有闪电划过。刘光兵跟村里人一同查看水情、检查江堤，不断地巡逻。

1988 年，刘光兵回乡后，进了红桥工艺厂。该厂相当于另一家生产出口产品厂家的车间，专做日本和服的腰带，使用了不少针织机，经常需要维修。刘光兵在学校时物理学得好，手又巧，一台机器拆卸一两遍就能把它复原。于是，厂里就让他做了修理工。他修理机器又快又好，工人们遇到问题都喜欢问他。不久，一个做电器生意的老板看中了他，要他跟着自己做生意，并向他许诺，每个月薪水比他原来的工厂高一倍。钱毕竟是好东西，家里生活又那么困难，刘光兵当时确实有些心动。就在这时，邗江交警队招人。刘光兵一直有公安情结，他毫不犹豫地报了名。结果，他一下子就被录取了。

刘光兵说，他可能天生就是搞公安的材料，这是他的命。

当时他非常高兴——一直想搞公安，终于进入了公安民警的行列！

## （二）十四年的“马路天使”生涯

回忆在交警队的生活，刘光兵感慨良多。

他当时所在的单位是邗江县蒋王交警中队。交警的主要工作是疏导交通、处理事故、查处违章，内容相对固定。交警工作虽不像刑侦工作那样，具有很强的不确定性，但要干好它，也不是件容易事。

刘光兵清楚地记得，他刚到单位上班的那段日子里，组织上让他参加各种培训。他把《道路交通管理条例》放在口袋里，一有空就看，直至背得滚瓜烂熟。刘光兵说："不背熟不行呀！你在路上执勤，把违章的车拦下了，可对方不接你的罚单，跟你狡辩，你怎么办？你要将条例中的内容向他宣讲，指给他看，让他心服口服。但如果连你自己都没有搞清，就会卡壳。"

干交警，刘光兵经常上路。上路是件苦活儿，不能坐，必须站在那里。站在那里既不能发呆，也不能一味地盯着什么看，要管事，要发现问题，作出判断，最终解决问题。站岗最辛苦的是冬、夏两季。夏天，马路上气温高达四十摄氏度以上，头上顶着火，背上流着汗，还不能离岗。冬天，寒风呼啸，滴水成冰，却必须在路口坚守。刘光兵在蒋王中队的日子里，辖区内每个路段的岗他都站过。干交警十四年，他最大的感受是：站岗、执勤能培养一个人的毅力，能铸就一个人吃苦耐劳的精神和持之以恒的品质。如果说他后来在刑侦工作中取得了一些成绩的话，那么可以说交警工作为他打下了坚实的基础。

刘光兵这么说，除了基于上述理由外，还缘于下面的一些故事。

回忆起来，刘光兵刚干交警时，最怕遇上交通事故。记得有一次，他接到电话已经很晚了。打电话的是一个过路的司机，说在某个路段的某个地方有人被车撞倒了。他和同事们赶到那个路段，却不见一个人、一辆车。他们一路开着雪亮的车灯慢慢地往前找。突然，刘光兵发现前面路边黑乎乎地横着一段树。副队长将车停下，要刘光兵过去看看。刘光兵心想，这路上怎么会有一段树呢？是绿化大队的车从这里经过了吗？它横在路上影响车辆通过，会引发事故的。他下了车，走过去一看，吓得叫了起来："这哪是一段树，分明是人的一条腿呀！"副队长本来就估计到了，不动声色地走过来看了看，拍了照片，要刘光兵把人腿拎到一边去。刘光兵不敢动手，缩手缩脚地望着副队长。副队长弯腰将那截血肉模糊的人腿拎上车去，见前面灯光里的路面光光的，就叫刘光兵往路两边找。那截血肉模糊的人腿总在刘光兵的脑海里浮现，他不敢一个人去找，只好硬着头皮跟着副队长往前找。再往前走，路上一片漆黑。走到近前，他们发现了一摊血。血被来往的车辆碾轧成了带状，上面还粘着些肉。副队长晃着手电筒，突然叫了起来："找到了，在路边上！"刘光兵跟了过去，借着手电的亮光看了看。那东西怪怪的，一开始没看清是什么东西。他又仔细看了看，哇地一下吐了出来。原来，人的身首早已分离了。身子被过往的车辆碾轧了不止一次，五脏六腑都出来了。

这是第一次。后来再遇到类似的事，刘光兵的反应就没那么剧烈了。再后来，他完全成了一个老兵，即使面对比这更惨烈的场面，也能镇定自若。这是对心态的一种锻炼，也是对心理承受能力的一种锻炼。没有哪个人生来就心硬如铁，但这种心硬如铁是必要的，除非不干这种工作了。刘光兵感谢在交警队的这段经历，它练就了他作为一个男人的胆气。这一点，对于他后来从事刑侦工作，是十分重要的。

还有一个抓逃犯的故事。

一天，刘光兵在路上执勤，一一查验了不知多少驾驶证，然后敬礼，用双手还给对方。下午的时候，他接过一本驾驶证，查看上面的照片与姓名时，眉头突然拧紧了。他一下子想起了七年前在蒋王中队管辖的路段发生的一起重大交通事故。那个肇事司机将人撞死之后，仓皇逃窜，掉落了驾驶证。这么多年过去了，肇事司机一直没有被捉拿归案。刘光兵当时看过肇事司机的驾驶证，还记得他的姓名——就是这本驾驶证上的姓名。刘光兵抬头盯住了他。那司机感觉到了刘光兵锐利的目光，扭头就往车上爬。刘光兵一把扯住了他的衣服。对方身子一转，挣脱了之后，撒腿就跑。这下可以肯定了，这家伙就是那个负案在逃的肇事司机！刘光兵哪肯放过，紧紧地追了上去。这家伙腿长，跑得快，但刘光兵一步不让，紧追不舍。就这样，刘光兵追了将近一个小时，已是气喘如牛、汗流浃背。最后，他终于追上了逃犯，并在周围群众的帮助下，将其扭送到了当地派出所。到了派出所之后，刘光兵发现自己一旦坐下，就站不起来了。直到第二天，他的两条腿都疼得要命。结果，他的腿一连疼了好几天。最终，经过审讯和调查取证，证实那个家伙就是那个一直负案在逃的肇事者。

这个故事听起来似乎带有传奇色彩，但它确确实实是发生在刘光兵身上的真实故事。一时间，刘光兵的事迹在邗江公安系统被传为佳话。刘光兵立了功，还拿了一笔奖金。

看来，刘光兵确实具有干刑侦工作的潜质：机敏、勇敢，有惊人的记忆力……可以说，这些良好的素质都是他在平凡的工作岗位上一天一天地养成的，这为他后来在新的岗位上作出更大的贡献奠定了坚实的基础。

刘光兵在交警岗位上干了十四年之后，终于病倒了。他的腰椎间盘突出病经常发作，一发作就得躺下来不能动。这是他做交警工作以来，长期站在马路上执勤，患上的职业病。他一直在坚持，经常用手抵着腰，站在路口查车。实在吃不消了，他就在摩托车上坐一下，然后接着站。有一天，他腰疼得站不住，下班之后回不了家，只能躺在单位了。同事们把他送到了医院。医生看了检查结果之后责怪他说：“你简直不要命了！病情这么严重，居然还不休息！”医生建议他开刀，说即使不开刀，也要卧床休息一个月，以观恢复情况。医生警告他，再这么胡搞下去，会有瘫痪的危险！

刘光兵没有肯开刀，在病床上躺了半个月，又到单位上班了。单位领导知道他的身体状况之后，尽量在工作安排上照顾他。刘光兵很沮丧，他觉得靠照顾过日子不符合自己的心性，坚持要到马路上执勤。领导拗不过他，只好同意。结果半天站下来，他腰部的老毛病又发作了。刘光兵觉得，如此反反复复不是长久之计，出于无奈，只好向领导提出调换岗位。鉴于他的身体状况，领导同意了他的请求，于2003年将他从交警队调到了派出所。

## （三）华丽的转身

一开始，刘光兵被分配到汤汪派出所，所里安排他干刑侦。为什么这么安排？是觉得他精明，感觉他是干这个活儿的料吗？刘光兵心里并没有底，只是毫不犹豫地接受了领导的安排。之后，他默默地想，他的腰有毛病，组织上大概是为了照顾他，才让他换了岗位。但是，他到了这里，不是来养老的。他才三十四岁，正是做事情的时候，应该好好地努把力。再说，干公安，特别是干刑警，是他长期以来渴望的。记得高考填报志愿时，他填的是公安专科学校。当时，他的理想就是做一名智勇双全的公安战士！他一直觉得，与不法分子斗智斗勇，最终将他们抓捕归案，是男子汉该做的事情，十分有意义。

可想归想，刘光兵对刑侦一窍不通。以前在交警队，只是查车、罚款，遇上复杂一点儿的交通事故，有专门的事故科处理。如今不同了，辖区里有人报案了，你就必须去现场调查情况、搜集线索、分析案情，然后进行追踪，最终将犯罪嫌疑人抓捕归案。这是一个复杂的过程，一步不到位，便会影响全局。刘光兵没干过这样的工作，一切都要从头开始。

他是新人，新人要参加专业培训。老师在课堂上讲法理，讲处罚条例，讲办案步骤，他坐在下面认真地听，一条一条地记。除了讲书本上的理论，老师还在课堂上放侦破的资料片，给他们做案情分析，进行各种演示。刘光兵如饥似渴地学习新知识，在培训结束后取得了优异的成绩。

短期的培训是远远不够的。刘光兵在老师的指导下，找来了一大堆法律法规及公安业务方面的书。他认为，《刑法》、《刑事诉讼法》、《治安管理处罚条例》、《公安机关办理刑事案件程序规定》、《行政处罚法》等法律法规一定要全面掌握，它们是刑警办案的法律依据。在那段日子里，刘光兵总把这些书放在包里，一有空就翻。中午吃过饭，同事们都休息了，他却把书拿出来看，在书页上画满了圈圈点点。这一本本办案大典，硬是被他“啃”了下来。

纸上得来终觉浅，要想真正办好案子，还要靠大量实践经验的积累。刘光兵没有破过案，谈不上经验，一开始只是跟在老同志后面学。所谓老同志，年龄也未必比他大，但人家干的时间长，有经验，面对一个案件，立刻就能有自己的判断。刘光兵心里佩服，在办案的过程中处处用心，一点儿一点儿地学，有不懂的就问，注意思考和领会。

在汤汪派出所，他只待了十个月。接下来，运东派出所成立了，他被调到了运东派出所。吴所长见他原来干的是刑侦，人也精明，就让他继续干刑侦。运东派出所是新成立的，人员不足，干刑侦的没有第二个人。刘光兵在汤汪派出所跟在老同志后面才跑了几个月，才看到一点儿亮光，不敢独立挑起重担，就没有答应。吴所长看透了他的心思，鼓励他：“没事，干中学，学中干！况且，还有我嘛！”于是，刘光兵就斗胆把所里刑侦的担子挑上了。

在最初的那段日子里，吴所长拿来卷宗给他看，讲他经手破的案子，分析犯罪链条里的各种因素，具体教他如何看现场、如何找线索、如何审犯人、如何做笔录。吴所长是个很放得开的人，带着他跑了两次，再遇上案子，就直接交给他办了。刘光兵不敢接，吴所长便再一次给他打气：“你行的！没事，去干吧！”

最初，刘光兵只会“现场抓人”，办一些极简单的案子。但日子一长，由浅入深，他摸到了一些破案的门道，一些大一点儿的偷盗、抢劫、强奸，甚至严重伤人的刑事案件就都能办下来了。吴所长对他的工作很满意，在接下来的日子里，就把刑侦这一摊子完全撂给他负责了。

从对破案一窍不通到对刑侦看出门道，从跟着老同志侦查到独当一面开展工作，刘光兵有了长足的进步。到了运东派出所之后，他第一次成功地破获了一起抢劫强奸案，抓获了犯罪分子，这让他心里充满了喜悦。工作了这么多年，他取得过很多成绩，但从未如此高兴过！他拥有了一个男人应有的骄傲与力量。

至此，刘光兵完成了从交警到刑警的角色转变。在这个华丽的转身里，有他的勤奋，有他的钻研，有他吃苦耐劳所付出的汗水。他为自己的进步而感到高兴。

## （四）攀登山峰所付出的艰辛

刘光兵不是个得过且过的人，他对自己的要求是很高的。他一直认为，一个人不做事便罢，一旦做了，就要尽最大努力把它做好，并往最高的目标争取。刘光兵在生活中是个有心人，一个案件侦破之后，他绝不会让它轻易过去，而是会对它进行回顾与思考，分析整个侦破过程中的经验教训，一条条地记下来，力求在以后的工作中少走弯路。遇到跨地域案件，需要与其他派出所，甚至外地公安机关协同作战时，刘光兵会特别用心。他虚心学习人家的侦查经验，与参战民警共同切磋、研究，虚心请教，以开阔视野。经过不断积累与反复实践，刘光兵的侦查水平飞速提高，成功地破获了一个又一个重大案件。

2000年以来，随着互联网的快速发展，网络技术在刑侦工作中的应用越来越广泛了。公安系统对刑侦工作提出了更新、更高的要求。刘光兵深感形势逼人，意识到自己计算机方面的知识还远远不够，于是立刻报名参加计算机课程的学习。首先，他参加了本系统组织的办公自动化培训。培训结束之后，他觉得掌握的知识还不够，便想方设法到职业技术学校和师范学校寻师访友，学图片处理，学动漫，学PPT制作。刘光兵发现，图片处理技术对侦查工作来说十分重要，因为在案件的侦查过程中，会遇到许多以图片的形式出现的证据材料。于是，他一头钻到书本中去，有不懂的地方就找老师问，回来之后在电脑上练习演示。图片处理技术掌握了，他又去过输入法的关。他学的是五笔字型，早就会了，但不熟。为了加快输入速度，他把一张字根表贴在硬纸板上，搁在电脑旁，一边打，一边看。一段日子下来，硬纸板被他拿来拿去地给磨破了——复印一张贴上去。如今，他输入的速度很快，负责的案卷都用电脑打字，清清爽爽。他原来不知道PPT是怎么回事，如今已熟练掌握，成了行家。每次侦破重大案件之后，他都以PPT的形式把侦破过程记录下来。他觉得，这既是自己工作的小结，又是为所里的新人提供借鉴的文本。

在学电脑的那段日子里，刘光兵完全拿出了最初干刑警时学习法律法规的那股子干劲儿，走到哪里就把书带到哪里，一有空就学。中午吃饭时，他不跟大家一同坐在小餐厅里吃，而是把饭打了，一个人钻进办公室里吃，边吃边看书，刻苦得像个高考的学生。周末晚上下班之后，同事们纷纷回家了，刘光兵却捧着书本，对着电脑学习。有人拿他开玩笑："老刘呀，你不能把书搁在面前，把老婆搁在一边呀！"刘光兵不明白他们在说什么，仍埋头看书。现如今，走进刘光兵的办公室，你会在书橱里看到大量与侦破工作有关的书籍，还有一些电脑书。打开那一本本书，你会发现上面画满了圈圈杠杠，边角处写满了细小的字，这些都是当年刘光兵刻苦钻研留下的痕迹，凝结着他的辛劳与汗水。

如今，刘光兵成了所里公认的电脑专家。电脑技术的熟练掌握，为刘光兵的侦破工作拓宽了思路、提高了效率、节约了成本。

2009 年，刘光兵所在的辖区内发生了一起洗浴中心衣柜财物被盗案。当时所能掌握的线索，仅仅是犯罪嫌疑人的一张假身份证复印件。刘光兵就凭借这张假身份证复印件，通过网络与电话，跟位于大西南的云南昭通和数千里之外的新疆边陲取得了联系，获取了四千张与犯罪嫌疑人同名的人的照片。他在电脑上进行分析比较，最终通过网络技术锁定了目标，使犯罪嫌疑人自投罗网。刘光兵几乎足不出户，凭借着一台电脑，侦破了这起案件。这其中，网络技术的运用发挥了重大作用。类似案件的不断成功告破，使刘光兵赢得了“科技神探”、“天眼神探”的美名。

刘光兵认为，要把工作做好，必须要有“钉劲”与“钻劲”。一次，在案件侦查中，为了搞清高速公路监控资料中的一个细节（这个问题影响到他对案情的分析判断，以前曾经遇到过），他先与分局联系，分局不知情；再与市局联系，市局也不知情，建议他问交通管理部门。于是，他便与扬州市交通局和扬州市高速公路管理处联系，往这两处打了十几个电话，可对方从来没有遇到过这样的问题，无法对他作出回答。刘光兵陷入了困境，但他没有气馁，而是冷静地思考了一下之后，将电话打到了省公安厅。省公安厅的人给了他一个电话号码，要他找某个部门咨询。电话打过去，该部门的人说，这件事归另一个部门管，他们解决不了。就这样，拐弯抹角，几经周折，刘光兵才终于找到了答案。搞清了这个问题，不仅解决了刘光兵经手的案件中的一个难点，而且为今后解决类似的问题找到了突破口。刘光兵坚持资源共享的原则，把这个方法向同事们进行了介绍，对大家以后办案帮助很大。

还有一个故事，同样体现了刘光兵在工作中的“钉劲”与“钻劲”。2010 年，在侦破“2·19”抢劫杀人案的过程中，为了找到曾与犯罪嫌疑人一同打工的翟某，刘光兵把电话打到了翟某家乡的派出所，寻求帮助。派出所民警尽了最大努力，却找不到线索。刘光兵没办法，只好打电话给村支书。村支书居然不用手机，只有固定电话。于是，他从上午打到下午，村支书家里始终没人接。晚上，电话打通了，对方却满口方言，根本听不懂。费了半天劲才明白，村支书根本没回来。直到第二天下午，才好不容易跟村支书通上话。前前后后打过去几次电话才搞清，翟某在大同。弄到了翟某的手机号，他便开始打翟某的手机。打通了，可是没人接。再打，还是没人接。打了七八次，都是这样。这是怎么回事？刘光兵忍不住开始心里发毛。但心里发毛解决不了问题，这个案子“卡住”了。翟某的电话号码是目前侦破工作中唯一一条有价值的线索，丢下这条线索，与犯罪嫌疑人的联系就会彻底断掉，整个案件的侦破就会泡汤。刘光兵在傍晚的时候又打了一次电话，这回有人接了，但接听电话的不是翟某，而是翟某的舅舅。翟某的舅舅一口土语，跟村支书的家人完全一样。刘光兵费了好大力气才听明白，翟某在矿上上班，矿上没信号，所以他上班时就把手机放在宿舍。就这样，刘光兵为了与翟某联系上，走了不少弯路，打了无数次电话。如果因为怕苦畏难，在某个环节上松一下劲，不再坚持把电话打下去，案件的侦查就会搁浅。刘光兵如此坚持，凭的是什么？凭的是那股“钻劲”和那股“钉劲”。

刘光兵是个严谨细致之人。严谨细致是一个人的个性天赋，同时也能体现出一个人对待工作的态度。对工作认真负责的人，自然就会处处严谨细致；反之，在工作中马马虎虎的人，做其他事情也必然会粗枝大叶，让很多细节从眼前滑过。刘光兵热爱自己的工作，对每个案子的侦查都一丝不苟地认真对待。调看监控录像时，一般人只会对特定时间段里的录像进行梳理、筛选和分析，从中找到有用的信息，而刘光兵则会细致地注意到电脑与录像上时间的误差。时间一致便罢，如有差距，他便会记录下来，在看监控录像时相应地予以调整。刘光兵说："时间在这里不容许有误差。别说差几分钟了，即使是差几秒，犯罪嫌疑人都有可能从你眼皮底下溜掉！"其实，这并不是什么难以解决的问题，只是长期以来没有被重视而已。第一个将这个问题提出并强调的，就是刘光兵。他这样做凭的是什么？凭的是一股认真劲儿，凭的是对待工作严谨细致、一丝不苟的精神。刘光兵把这一注意事项告诉了大家，与大家共享宝贵经验，共同做好以后的工作。

在针对一起钢瓶盗窃案的侦破工作中，由于犯罪现场的录像资料里没有犯罪嫌疑人所驾车辆的车牌号，侦破工作陷入了僵局。可刘光兵没有打退堂鼓，他退而求其次，从周围路段调取监控录像资料，对相关时间段里的来往车辆进行梳理和分析，最终根据车型和时间进行研判，发现了可疑目标。然后，他顺藤摸瓜，将犯罪分子一举擒获。这一案件的侦破，完全靠的是对监控录像的分析。为了阅读这批监控资料，刘光兵花了整整三天时间。三天中，他加班加点，晚上经常看到十一二点。他有腰椎间盘突出的老毛病，在电脑前坐的时间长了，腰疼病就会发作。疼得厉害了，他就站起来活动一下筋骨。眼睛看东西模糊了，他就用手揉一揉，或者点一下"珍视明"眼药水。试想，三天里，一个人一直对着电脑看类似的车辆行驶录像，那是多么单调，多么容易疲劳呀！而这种疲劳一旦出现，便会让人麻痹大意、注意力分散，从而使一些车辆轻易从眼皮子底下滑过。可是，刘光兵并没有大意。他虽然眼睛是红红的，但一直紧紧地盯着电脑。最终，他从看过的不计其数的图片资料里，大海捞针般地寻找到了目标。

他凭的是什么？

凭的是一种严谨细致、一丝不苟的精神！

刘光兵在侦破工作中所表现出来的吃苦耐劳的精神，更是感人至深。2006 年 7 月的一天，为了捉拿一伙撬盗轿车后备厢的犯罪分子，刘光兵在扬州大桥卡口蹲守了二十天。从监控录像上看，犯罪分子经过大桥的时间都是晚上。于是，刘光兵每天晚饭后都带着一名侦查员过来守候。夏季天气闷热，蚊虫多，老待在一处会十分难受。特别是到了后半夜，路上静下来，疲劳就会悄悄来临，使人瞌睡难耐。可刘光兵没有被疲劳压倒，始终集中注意力，注视着路上来往的每一辆车，绝不放过任何一个可疑目标。二十天中，他坚持每天都过来，天亮时才回家睡一下，下午又到所里去上班，一直到犯罪嫌疑人被捉拿归案。

刘光兵在八小时之外经常加班加点。案值一百余万元的装载机被盗案、案值三百余万元的“扬州地区系列工业原材料被盗案”、案值二十余万元的撬盗轿车后备厢案，以及扬州汽车技师学院蒙面入室盗窃案等，这些案件的成功告破，与他超乎寻常的付出是分不开的。为了工作，刘光兵几乎放弃了所有的双休日和节假日。有人做过粗略的统计，做刑警九年来，刘光兵坐在电脑前查阅录像资料、搜集相关信息总共花费了七千多个小时，相当于看了一万八千多集电视连续剧。他平均每天加班三个小时，九年里干了相当于十一年的工作。

## （五）“荣誉仅仅代表过去……”

刘光兵从事刑警工作十年，坚持在干中学，在学中干。他结合电脑监控，将传统警务手段与现代科技结合起来，不断验证、调整，摸索出了借助监控破案的“五步法”，为打击与防范犯罪提供了新的方法与手段。

一分耕耘，一分收获。这些年，刘光兵经过不懈努力，使破案率逐年攀升，一些大案要案成功告破。远的不说，就拿2012年的“盗窃通信电缆案”来说吧，它是省里的挂牌案。刘光兵接警后，立刻勘查现场，调阅监控录像，进行分析、研判，然后锁定目标，在短短的两天时间里就将犯罪嫌疑人捉拿归案。

这些年，他不断成功地破获大案要案，名声在外，相熟的一些单位遇到解不开的难题都来找他。2010年4月，在文峰派出所辖区内的五金材料批发市场发生了一起电缆被盗案。文峰派出所民警从监控录像中查到了犯罪嫌疑人的车牌号，可是根据车牌号找到车主后，车主却提供了足够的证据说明他与此案无关——犯罪分子冒用了他的车牌号。事实证明，车主所言属实。那么，到哪里去寻找犯罪嫌疑人呢？侦查工作一时陷入了僵局。刘光兵来到文峰派出所，首先了解情况。从现场的监控录像看，犯罪分子确实是使用假牌照作的案，可是从相关的监控录像中再去寻找这辆使用假牌照的车辆，却不见其踪影。如何去把消失了的目标重新找到呢？这是最大的难点。面对这一情况，刘光兵还是从分析监控录像入手。犯罪嫌疑人离开五金材料批发市场后，不可能插翅而飞。他们必然会经过三个路口中的一个，别无选择。于是，刘光兵便将相应时间段里有关三个路口的监控资料调回来仔细阅读。这些资料，文峰派出所的民警都看过了，没有从中找到事发现场的那辆车。刘光兵凭借自己的经验判断，监控录像中没有那辆车，并不等于那辆车没从这里经过——他们一定是换了车牌。于是，他根据时间一一比对，逐个筛选。终于，一辆车牌号为“粤AA65××”的车辆进入了他的视线。这辆车与先前在监控录像中看到的犯罪嫌疑人作案时使用的车辆完全一样。它被监控探头拍下来的时间与作案时间相吻合，并且频繁超车行驶。通过在网上查询车主的信息，以及让被盗店主指认照片，最终认定“粤AA65××”的车主及另外三名男子为犯罪嫌疑人。三天后，这三名男子在江苏常州被抓获。

刘光兵在案件侦破工作中作出的突出成绩引起了上级领导的注意。2009 年 5 月，在一个区级的侦破工作经验交流会上，广陵区公安分局局长听了刘光兵的事迹介绍后，非常感兴趣，晚上聚餐时把刘光兵叫到自己身边，问了他一些情况，并当场将一个大案交给了他。刘光兵不知道详情，有点儿不敢接。局长拍了拍他的肩膀说："不要怕！好好办，把它拿下！"刘光兵接受任务后，全力以赴地投入了战斗。十天后，终于发现了犯罪嫌疑人的行踪。刘光兵决定带两名侦查员去河南安阳捉拿犯罪嫌疑人。可是，决定出发的这天，刘光兵突然一阵眩晕，病倒了。他十分焦急，立刻去医院打点滴。一瓶点滴打完，情况有了好转，他便立即要求医生给他开些药，准备上路。医生听了他的请求，感到十分惊讶，反复强调，他必须卧床休息。刘光兵哪里肯歇，一赶到所里就带着人出发了。半路上，由于车子颠簸，他的眩晕症再次发作。刘光兵深感情况不妙，连服了两次药。同事看他难受的样子，很不放心，准备停车。刘光兵不同意，向同事交代："眩晕这病没有生命危险。你们不要担心，只管往安阳开。实在不行，就找个地方先把我放下。"刘光兵一路上强忍着病痛，坚持与同事们一起赶到了安阳。到了安阳才发现，犯罪嫌疑人已经去了新疆。于是，刘光兵又与同事们一起乘飞机前往新疆，最终将犯罪嫌疑人捉拿归案。

渐渐地，刘光兵在同行中赢得了"侦破能手"、"破案高手"、"神探"等称号。刘光兵有了些名气之后，不时会有报社、电视台的记者来找他，他的先进事迹在"中新社"、《法制日报》、《人民公安报》、《新华日报》、《扬子晚报》、《现代快报》、《江南时报》、《南京晨报》、《扬州晚报》等多家媒体予以报道，在社会各界和公安机关内部引起了强烈反响。但是，刘光兵对这些并不感兴趣。他是一个求真务实的人，手里的事实在太多了，一些案件还没有理出头绪，他觉得坐而论道实在是浪费时间。同事们看他把荣誉不当回事儿，觉得很奇怪。刘光兵说：“荣誉仅仅代表过去，我更看重的是如何尽快侦破目前手里的案子。”

从2003年至2012年，刘光兵共侦破各类案件七百余起，抓获犯罪嫌疑人三百七十多名。对于从事刑警工作仅仅九年的刘光兵来说，成果是丰硕的！

## （六）不一样的情怀

刘光兵虽然在工作上取得了许多成绩，但内心深处却一直埋着深深的愧疚——他长期以来只顾埋头工作，忽视了对妻子与女儿的关心和照顾。

说到妻子，刘光兵禁不住双眼有些发红。

刘光兵的妻子王诚萍在若干年前患上了一种缺钙性慢性病。这种病随时都有可能发作，一旦发作，就有昏倒的可能，甚至危及生命。因此，王诚萍的身边必须有人照顾。这一点，刘光兵比谁都清楚，可他哪有时间守在妻子身旁啊！刘光兵上班从不迟到早退。为了办一些案子，他经常在单位加班加点。早上出门，他总忘不了嘱咐妻子：“你要注意休息。一旦感到身体不舒服，就赶紧到医院找医生，然后打电话给我。”

可刘光兵一到单位，就往往会一头扎到工作里。到了中午吃饭的时候，他一想到妻子一个人抱病在家，心里就会深感不安，便会立刻往家里打电话。有时，慢性病发作了，妻子便会一个人去医院就诊。刘光兵得知情况后，总是会怪她不给他打电话。这时，妻子便会默默不语。可是，后来遇到类似的情况，她仍然会一个人挣扎着去医院，不忍心影响他工作。

2009年9月24日，刘光兵的妻子住院动手术，正值刘光兵主抓的“8·8”案的侦破工作进入关键阶段。刘光兵在医院陪护了两天，到26日就再也坐不住了。他向请来照顾妻子的自己的姐姐交代了有关事项之后，便立刻赶回单位，投入了紧张的工作。

因为长期以来对妻子照顾不周，心存愧疚，刘光兵一有时间就回去陪伴妻子。偶尔遇上所里有清闲的时候，比如周末，大家坐下来打个牌，聚个餐，喊刘光兵一同放松放松，刘光兵总是向大家打个招呼就跑——他得赶紧回家，妻子一个人在家呢。回到家，他什么事也不让妻子做，做饭、洗衣服、搞卫生，一肩挑。妻子的病需要不断地用药、打针，刘光兵便亲手给她扎针、输液。如今，刘光兵已经成了扎针的老手，但他只扎妻子的腿，从不扎手。他说，手到医院时再扎吧，因为一旦手上扎满了针眼，妻子到医院就会多受罪。

妻子长期生病，单药费一项，就占了家庭开支的一大半，这给刘光兵造成了很大的经济压力。为了给妻子治病，刘光兵在生活上处处节约。刘光兵身上的一件 T 恤衫，是他四十岁生日时妻子为他买的，四年穿下来，已经褪了色。为了节约开支，他亲自到药店为妻子买药，选择的药品总是快到期的，因为快到期的药价格最低。近几年来，他们全家没有到饭店吃过一次饭。但是，在办案过程中，有人贿赂他，他一律拒绝；有人请他吃饭，他一概不答应。妻子知道丈夫的为人，十分支持他的做法。遇上他加班加点或出差办案，妻子毫无怨言。

一心扑在工作上的刘光兵，对女儿也是照顾不周。女儿上高三时，有一天，发高烧三十九度五。学校老师打电话给刘光兵，要他把女儿带到医院治疗。当时，刘光兵被区局调到一个专案组，正处于对犯罪嫌疑人进行突击审查的关键时刻。刘光兵请求患病在家的妻子带女儿去一下医院。深夜一点钟，刘光兵加完班，匆匆赶回家看望女儿。摸着女儿仍然很烫的脑门儿，他内疚地说："对不起，爸爸没能带你去医院。"女儿望着连续加了几天班、一脸疲倦的父亲，安慰道："我没事，过一会儿就会退烧的。你忙你的事去吧。"刘光兵望着女儿清纯的大眼睛，头一低，眼泪差点儿流出来。他在心里说，我欠你们的太多了！

十分有意思的是，如今已经上了大学的女儿，所学的专业也是公安管理，所在的学校就是当年刘光兵高考时报考的院校——江苏警官学院（当时叫“江苏省公安专科学校”）。干公安是辛苦的，刘光兵有点儿舍不得让女儿吃那份苦，可女儿却说：“苦什么？你不是一直在干这个工作嘛！”

刘光兵望着女儿，心里充满了喜悦。

刘光兵对同事特别关心。所里每晚都有人值班，每个人都是四天轮上一次，没有一分钱值班费。遇上同事有事，刘光兵总是主动代班，让同事回家办事。同事知道刘光兵家里困难，不忍心总让他代班，刘光兵却总是说：“这两天家里没事，你去吧。”2003 年，刘光兵被调到运东派出所之后，连续五年的大年三十都是在派出所过的。这五年里，大年三十往派出所送两样亲手做的好菜，已经成了刘光兵妻子的一种习惯。2009 年春节，所长实在看不下去了，要求他回去与家人团聚。他回去吃过年夜饭，又回到所里，对值班的同事说：“我已经吃过了。你们都年轻，现在还来得及，赶紧回家与家人团聚一下吧，我顶个班没什么。”

刘光兵一旦投入工作，就有一种忘我的精神。他在干交警期间，落下了腰椎间盘突出的毛病，曾经卧床一个月，并且差点儿开刀。医生曾严正地警告他：“你再这样下去，迟早要瘫痪的！”可他到了派出所之后，经常加班加点，有时在电脑前一坐就是十几个小时，经常疼得腰部如万根钢针在扎，浑身一阵阵冒汗。2009 年，刘光兵为了从海量的图片资料中寻找犯罪嫌疑人的线索，连续在电脑前工作了三天。最后，当他找到目标时，双眼却突然失明了。同事将他送到医院，诊断后得知，这是两眼长时间工作导致视神经受伤，造成间歇性失明，需要休养一段时间才能恢复。可刘光兵仅仅休息了一天，就又投入了工作。

刘光兵是个极富爱心的人。2008 年，他讯问了一起盗窃杀人案的犯罪嫌疑人。案犯在彻底坦白前，流着泪说，他与老婆早已离婚，还有一个正在上小学的儿子让他放心不下。刘光兵很理解他的心情，详细询问后得知，孩子十一岁，跟爷爷过。孩子的母亲离婚后，又嫁人了。刘光兵向他承诺，以后一定替他去看看儿子，并且在生活上给他儿子以力所能及的照顾。案犯被处决后，刘光兵查阅了他的卷宗，想方设法找到了那个孩子，给他买了一些学习用品。之后，逢年过节，他都会去看望一下孩子，给他买些水果和书籍。但是，到了 2011 年元旦，刘光兵再次去看望孩子时，却发现孩子已与爷爷一同离开了原来的住处。搬到哪儿去了呢？他爷爷没有留下任何联系方式。刘光兵向街坊打听，都说不知道。后来他一直想方设法寻找，但始终没有找到。他说："我很想找到他。那是一个很可怜的孩子，没有爸爸，也没有妈妈。等我空闲时，我一定要想办法找到他！"

这就是刘光兵——一个立体的人，一个血肉丰满的好男儿，一个新时代可亲可敬的公安战士！侦破案件时，他兢兢业业、不辞劳苦，与犯罪分子斗智斗勇；遇到需要帮助的同事和家人时，他却是侠骨柔肠，柔得像丝绸。

这是一种大爱！

**【画外音】**

"刘光兵盯上案子的时候，有一股玩命的精神！"同事们都这样说他。

"没想到，刘所长为了我们家被偷盗的一辆电瓶车，亲自跑了这么多路。"社区里的一名群众感激地说。

"刘光兵的最大好处是，他做工作能让我们放心。"一位分管刑侦的领导如是说。

"老刘做什么事都认真。他一忙起来，就顾不到家了。"妻子这样评价自己的爱人。

“爸爸不是一个好爸爸，但爸爸是一个好警察。我将来也要做爸爸那样的好警察！”在江苏警官学院读大学二年级的女儿这样说。

“我干的是破案工作。在这个岗位上，一要对得起头上的警徽，二要对得起党和人民给我的权力。有人说，男人的黄金时期在三十岁至五十岁之间。我要抓紧这段宝贵的时间，为我热爱的公安事业多做些事情。”

这是多么朴实的话语呀！可正是这朴实的心里话，道出了一名公安民警对党的事业的无比忠诚！

女生宿舍与男生宿舍仅隔着一条水泥路。去车间上班或去食堂吃饭，经常会遇到有人打情骂俏。这个“温柔美眉”可能就是那些来来去去的女孩子中的一个……

# 二、“温柔美眉”

## (一) 一万多元人民币不翼而飞

2009 年 2 月的一天，陈某在扬州 Y 桑拿洗浴中心洗浴。他在包厢里休息了一会儿，便出来穿衣服，可取下手腕上的钥匙开衣柜时，却发现柜子的锁怎么也开不开。他心想，下浴池前锁柜门时还好好的，这会儿怎么不好开了？真是见鬼了。陈某心里火烧火燎的，只好去找服务员。

服务员遇到的类似情况很多。一些澡客毛毛躁躁的，把这把钥匙插到那把锁里，或者把钥匙插反了，就找服务员算账。服务员以为今天遇到的也是这类问题，便什么话也没说，接过陈某手中的钥匙就去给他开锁。可是把钥匙插进去转了转，开不了；又转了转，仍然开不了。拔出钥匙看看——不对呀，这把钥匙不是开这把锁的呀！钥匙牌上没有号码，明明是一把没有用的废钥匙！

陈某不相信：“怎么会是废钥匙？我锁柜门时用的就是它。”服务员不便跟他吵，只好从旁边的一位澡客手中借过一把钥匙给他看："这上面都有编号，跟柜子上的号码是一致的。你这把钥匙没有编号。"

陈某急了："没有号是你们的事！吧台给我的就是这把钥匙，刚才是好开的，这会儿又不好开了，怎么能怪我？我不管那么多，快把柜门打开！"

服务员也觉得奇怪，问他到底是不是这个柜子。陈某百分之百地肯定："就是它，十七号。我记得清清楚楚，一点儿都不会错！"服务员什么话也不说了，请陈某稍等一下，然后就去后台取备用钥匙了。

钥匙取来了。服务员对陈某说："我要开柜了。你说说，这柜子里有些什么东西？"

陈某气愤地说："你这是什么意思？你以为我是骗你呀！告诉你，我的包里有一万块钱现金，还有一部诺基亚手机。少了你们赔！"

在洗浴中心，开柜子需要两把钥匙：一把是吧台交给澡客的，另一把在服务员手中。两把钥匙同时使用才能把柜门打开。服务员将柜门打开，陈某从柜子里取出内衣穿上，接着伸手到柜子里摸了摸，惊叫起来："我的包没有了！我的手机放在包里！"他急忙把衣服一股脑儿地捧出来，翻了一遍，发现钱包也没有了！

更衣室里立刻哗然，澡客们纷纷围了过来。很快，领班把老板叫来了。老板听服务员说明了情况，看看钥匙，一眼便认出，两把钥匙都是自己家的。老板对澡客陈某说："对不起，你先别急，这事需要调查。"

老板立刻找来吧台的服务员，将开不了柜门的那把钥匙给她看，问是不是她发给客人的。

吧台的服务员看了看钥匙说："这怎么可能呢？这个牌子上没有号码，早就作废了，我们吧台里现在根本就没有这种钥匙。

这不可能是我们给的，我们给的是另一把有号码的。”

老板立刻意识到，澡客陈某的钥匙被人调包了。老板感到很奇怪，问陈某：“你的手中怎么会有这把钥匙？”

陈某急忙说：“我哪知道！这是你们给我的。我又不是孙悟空，会变它出来！”

领班扯了扯老板的衣角，把老板拽到一边，凑到耳边说：“周民不见了。”

老板一惊，问：“周民？就是前天才招进来的那个小家伙？”

领班回答：“正是他。”

“他是什么时候走的？”

“下午一直在，可是一小时前，他说出去有点儿事，一会儿就回来。这一去，就再也没回来。”

老板问了他的手机号，立刻打他的电话。

关机。

再打，仍然是关机。

老板立刻报了警。

## （二）“周民”其人

此刻，这个叫“周民”的人（姑且先这么叫，他的真实身份及姓名有待公安民警调查验证），怀揣着辉煌的“战果”——一万元人民币和一部诺基亚手机——正得意扬扬地坐在开往南通的“合乘的士”上。他对自己轻松地取胜十分满意。他记不清这是第几次出手了，只觉得这是一种很见成效的“杀富济贫”：“妈的，谁叫他们腰包那么鼓的！贡献出一点儿来给爷们儿花花，有什么不对？”

周民今年二十六岁。他之所以成了今天这副样子，是因为经过了一段十分特别的心路历程。

他是云南昭通人。父亲是做小本生意的，2005 年因病去世了。不久，母亲跟一个男人姘居，在村里开起了小店，勉强糊口。周民二十岁高中毕业后，不愿在家受穷，开始外出打工，先后到过大理、成都、温州、南京，最后一站到了扬州。他在肯德基店打过工，后来因为店里要求太严，吃不了那份苦，离开了。他到餐馆做过送菜员——嫌那里收入太低、人太杂，不久就不干了。他嗓音较好，自小喜欢唱歌，对流行歌曲比较熟悉，又粗懂一两种乐器，因此转了一大圈后，经朋友介绍，进了一家夜总会。夜总会老板见他个子高高、皮肤白净，一表人才，就让他做包厢里的招待员。夜总会是个灯红酒绿的世界，美女如云。有钱的老板为了一时的高兴，动辄就一掷千金，这让从云南乡村里出来的周民目瞪口呆，大长见识。他端茶送水时，听他们说话，看他们调戏美女，不禁想入非非。他觉得自己是个穷人、下等人，跟他们比，一个天，一个地，是两个阶层。你看他们，多快活！由漂亮小姐陪着唱歌，想跳舞就搂着她们的小腰跳舞；一高兴，就让她们坐在自己的大腿上喝酒、吃水果。一瓶红酒就上百块，要是洋酒就更贵。他们左一杯，右一杯，泼泼洒洒，当水一样。他们太有钱了！他们凭什么那么有钱？凭什么一个个漂亮小姐蝴蝶般围着他们转？周民心中充满了羡慕、嫉妒、恨！一次，他乘一个老板喝多了，边跟小姐打情骂俏，边到外面的舞池里跳贴面舞的机会，翻了他的包。包里有一大沓子钱，有好几千块，还有手机。他的心扑通扑通直跳。他想把钱装进口袋，然后立刻逃跑，但又不敢。当时他汗都下来了，很难受。最终，他没敢动那钱和手机。但从此以后，他竟养成了一个习惯：注意来玩的老板们的包。他一个人时，曾不止一次地在心里演练将老板们的包据为己有的过程。终于有一天，他看准了一个自认为万无一失的机会，竟把那些虚拟演练的内容变成了现实，结果被人发现了。夜总会的老板打算把他扭送公安局。周民知道，一落到公安手里就免不了吃苦头，便跪地求饶，头都磕破了。最后，他被老板鄙夷地一脚踢出了门。

周民离开夜总会后，一连许多天，脑子里都是那种灯红酒绿、莺歌燕舞的情景。那样的生活不属于他，但他向往那样的生活。不久，他经朋友介绍，又找了一份工作——不是工厂，不是超市，不是饭店，而是歌厅。有了在夜总会的经历，他觉得歌厅这个地方很适合他。在那里，他收入仍然不高，但偶尔遇上老板开心，特别是要在小姐面前摆阔时，会给他一些小费。有一回，他给一个老板送啤酒时，老板搂着小姐正喝得开心，转而要他喝，给他们助兴。他不肯喝，老板就笑着逗他："你喝嘛，喝了我就给你小费。"周民望着他，仍然不喝。老板一瞪眼："你喝！喝一瓶，给你一百！喝一打，给你五千！"说着，老板唰地拉开沙发上的皮包，从里面拿出一大沓钱，撂到茶几上。周民恨这老板，但他想要钱。周民开始喝酒，一瓶、两瓶、三瓶、四瓶……他把一打啤酒都喝完了。他喜欢喝啤酒，但最多能喝四瓶。他把最后一只空啤酒瓶往茶几上一放，没放稳，倒了。他拿起五千元钱（他从来没有一次拿过这么多钱），死命地揣到怀里，踉踉跄跄地往包厢外走。走到外面彩灯闪烁的通道上，他再也撑不住了，扑通一声往下一趴，吐得一塌糊涂。

这拼命喝酒换来的五千元钱，他不到一个星期就花掉了。他换了一部手机——"三星"的，两千元。他与两个朋友进饭店大吃了一顿，花了六百元。接下来，他学自己见到过的老板的样子，去 KTV 歌厅找小姐唱歌跳舞，并且发生了不正当关系。周民觉得这五千元钱让他过了几天快活日子。可是，他一想到那个逼他喝下一打啤酒的家伙，就满腔仇恨。然而，他又觉得应该感谢那个老板——这五千块钱是他给的呀！没有这五千块钱，他哪来的新手机？哪来的美味大餐？哪来的陪你唱歌跳舞的小姐？钱，一切都是因为钱！钱这东西太重要了，有了钱就有了一切！这就是周民当时生活理念的核心所在。

可是，在歌厅里一个月挣的那点儿钱，远远满足不了他的消费需求。小费是有，但是微乎其微。那种让他喝一打啤酒就摔下五千块的“夯货”，一年大概也碰不到两次。钱从哪里来呢？

从这以后，周民就琢磨起怎样弄钱来。

一次，曾经被周民请去唱歌的朋友请周民洗澡。那是一家条件比较好的桑拿洗浴中心。洗过澡，两人便在包厢里吹牛聊天。做各种服务的小姐穿着各式各样艳丽的服装进进出出。周民立刻觉得，桑拿洗浴中心的工作也挺有意思。于是，拿到歌厅当月的工资后，他就不干了，跑到一家桑拿洗浴中心做起服务员来。做了不到三个月，他就“灵感”突发，发现了弄钱的“窍门”。

## （三）寻找线索

Y 桑拿洗浴中心属于扬州运东派出所的管辖地段。刘光兵接警后，立刻赶到了现场。现场的衣柜没有任何被撬的痕迹，显然是被人用钥匙打开的。根据澡客陈某与服务员的陈述，周民下午本来在这里上班，却突然消失了。他消失的时间与案发的时间正好吻合。随后，他的手机也关机了。因此，周民成了疑点最大的犯罪嫌疑人。

刘光兵问洗浴中心的老板：“他是哪儿的人？”

老板答：“外地的。具体是哪儿的，我记不清了。”

刘光兵问：“他是什么人介绍来的？”

老板答：“没人介绍。年后我们招聘，他是应聘进来的。”

刘光兵问：“有没有签协议？”

老板答：“协议？签什么协议呀，又不是大公司，没有！”

刘光兵问：“他住的地方，知道吗？”

老板答：“不知道。”

刘光兵问："有他的身份证复印件吗？"

老板答："噢，这个，有，有。"说完，立刻转身去找。

刘光兵皱了皱眉。少数民营小老板法律意识淡薄，制定的管理制度不健全，用人比较随意。有的小老板，员工在其手下干了几年了，都不知道员工的基本情况，只知道让他们干活，更不要说建立一套员工个人档案了。在这种情况下，不出事便罢，一旦出事，就会给侦查工作带来很大麻烦。

身份证复印件找来了，还有一张付给老板的八百元"用工保证金"的收据。身份证显示，周民是云南省昭通县大坡子乡人，1984年出生，现年二十五岁。收据上的字迹很潦草，最后的签名是"周民"两个字。

虽然暂时还不能确定这身份证是真是假，但这毕竟是一条重要线索。刘光兵当场让他们做了笔录，并告诉老板及澡客陈某，待侦查工作有了结果，会及时与他们联系。

刘光兵回到单位后，立刻从各方面进行了调查，并对周民的身份进行了核实，结果发现这张身份证是假的。犯罪嫌疑人盗用了周民的身份，将周民身份证上的照片替换成了自己的照片。

由此可见，此"周民"非彼"周民"，打开衣柜实施盗窃的，完全是另一个人。此人姓什么、叫什么、是哪个地方的人，目前全不知道。现在所能知道的，仅仅是假身份证上的这张脸确确实实是犯罪嫌疑人本人的。

怎样才能发现线索，将躲藏起来的犯罪嫌疑人从黑暗的洞穴里揪出来呢？

刘光兵觉得，没有别的办法，只有从身份证复印件入手。

虽说这张身份证上的照片被替换过，但关于周民的所有信息资料都是真实无误的。那么，目前所要做的第一项工作就是找到周民。犯罪分子为什么会盗用他的身份证？他们两个人到底是什么关系？找到周民，应该就能找到一些有关犯罪嫌疑人的信息资料。有了这些资料，侦破工作就能打开突破口。

得知周民是云南省昭通县大坡子乡周家村人后，刘光兵立即通过电话与当地派出所取得了联系。当地派出所民警很快便告诉刘光兵，周民确有其人，但他目前的去向，他们并不清楚，无法与他取得联系。刘光兵请求派出所的户籍警给予支持，帮助寻找周民的联系方式。户籍警后来给他回了电话，说很抱歉，云南那边山多，地势险峻，通信不畅，出行不方便，实在没有办法弄到周民的联系方式。

刘光兵知道人家已经尽了力，更何况那边的客观条件与江苏这里有很大差距，也就不好再为难人家了。于是，他由衷地向对方进行了感谢，最终放弃了这一侦查方向。

此路不通，再找其他路。刘光兵凝眉思索，很快便想到了当地的村支书。村支书是村里的掌门人，对整个村子的根底最为清楚，是村子里的“百事通”，通过他，是一定能把事情搞清楚的。

首先，他通过“114”找到了云南省昭通县大坡子乡周家村办公室的电话。电话打过去，半天没有人接。过了一会儿再打，还是没有人接。刘光兵想，村一级政府人少事杂，干部们可能没有坐办公室的习惯，整天在外面跑。于是，他隔一会儿就打，反反复复打了好几次，终于有人接了。接电话的不知是不是村支书，一口地方土话，很难听懂。他费了半天劲才搞清，那个人不是村支书。刘光兵说要找村支书说事，请他帮着找一下。刘光兵努力使用普通话，对方自然是听懂了。刘光兵问对方要村支书的手机号码，对方一个数字一个数字地报，刘光兵记了下来。可电话打过去，却是空号——记的号码不对。于是，刘光兵便又打电话过去问。他费了许多周折，好不容易才把村支书的手机号码弄到手。

终于跟村支书通上话了。刘光兵心中暗想，支书大人，你可千万别也说一口让人听不懂的土话呀！还好，支书一讲话，刘光兵就放心了。他到底是见过世面的人，知道对外面来的人要讲普通话。刘光兵作了自我介绍，说明了千里迢迢打电话找他的目的。村支书一惊：“你们抓周民，他犯啥事啦?”刘光兵连忙向对方解释说，找周民并不是因为周民犯了事，而是想向他了解一个人。村支书这才放了心，说：“周民这小子不在家，他出去打工了。”刘光兵问：“在哪儿打工?”支书说，在新疆，出去三年了。刘光兵想，不管是在新疆还是在海南，都没有大碍，关键是要有他的联系方式。村支书说：“你稍等十分钟再打电话给我，我替你问一问。”过了十分钟再打电话过去，果然有了结果。村支书把周民家里的电话、周民本人的手机号码，全报给了刘光兵。刘光兵很高兴，觉得找村支书确实找对了，连连道谢。

刘光兵没给周民的家里打电话，他直接打了周民的手机。等待了半天，无法接通。再打，仍然无法接通。刘光兵想了一下，决定给他云南的家里打一个电话。但是，不能透露自己民警的身份。关于这一点，刘光兵事先也叮嘱了村支书。村支书很理解，满口答应。接电话的可能是周民的母亲。她听说刘光兵是周民的朋友，便对他说，周民在新疆，没回来呢。刘光兵问：“他的手机号码有没有换呀？我打电话给他，他怎么总不接呀?”周民的母亲说：“没换呀，前两天我还打电话给他了呀!”刘光兵模仿周民朋友的口吻说：“会不会是我把他的手机号码记错了？请阿姨把他的号码再跟我说一下吧。”对方没有犹豫，报上了号码。刘光兵一一对照——没错。

天高地阔，可能是那边信号弱。刘光兵换了个时间又打，终于打通了。接电话的人说，他不是周民。怎么会不是周民？村支书跟周民的母亲给的都是这个号码呀！“请问，你是他什么人?”信号又弱下去了。声音细细的，听不清，最后断掉了。刘光兵又耐着性子打了几次才打通。经过反复询问才搞清，对方是周民的叔叔。刘光兵问：“周民到哪里去啦?”信号又弱下去了，对方的声音细得像发丝："你说什么？"

刘光兵重复道："周民上哪儿去了？"

对方回答："下矿了。"

这句话是对方喊出来的。刘光兵立刻明白了：矿上没信号。他下矿了，所以把手机留在了叔叔这儿。刘光兵也把嗓门儿提到最大，问："周民什么时候回来？"

对方喊："晚上！"接着又问："你找他有什么事？"

刘光兵随便找了个理由搪塞了一下。

晚上给周民打电话，没人接。打了几次，直到十点多钟才打通，可信号比白天还差。断断续续几次，刘光兵才把要说的话说完。跟周民本人不必绕弯子，刘光兵直接讲明了情况，请他给予配合。周民在那边断断续续地说："这不可能。我的身份证一直带在身上，没给人用过。"刘光兵让他再仔细回忆一下。信号又没有了。刘光兵想，这样通话不行，得换一种方式。于是，他搁下电话，立刻发短信给他。

周民立刻回复，内容是："我想不起来了。我的身份证一直带在身边，没丢失过，也没给人用过。"

刘光兵回复："但客观上，犯罪分子是盗取了你的身份证信息后，做了一个假身份证。因此，我们需要你的配合。好好回忆一下，谁用过你的身份证？"

周民回复："我当然配合，但我真的想不起来了。"

刘光兵又发短信："一时想不起来没关系，等你静下来再仔细想想。你有 QQ 吗？我把假身份证上犯罪分子的照片发给你。你看了，也许会回忆起谁用过你的身份证。"

周民回复："341898××，这是我的 QQ 号。"

刘光兵接着发短信："太好了，我这就加你。"

刘光兵立刻添加了联系人，等待对方回应。见半天没有回应，他又发短信过去询问。对方回复说，他没有电脑。刘光兵说，借用一下朋友或同事的吧。对方回复说，他上网都去网吧。刘光兵有些着急，很想让他立刻就去，但又觉得这样要求对方有些不妥，于是试探着问，网吧离他住的地方远不远，能不能现在就去一下。对方答应了，说半个小时之后就去。

刘光兵在电脑跟前焦急地等待着。半个小时过去了，对方仍然没有回应。又等了一刻钟，仍然没有回应。刘光兵发短信询问，对方过了半天才回答说，遇到事情了，去不了了。刘光兵有些失望，但又没有怪人家的理由。更何况，即使真有理由，也不能怪人家。于是，他说，那就明天再约吧。对方答应了。

第二天下午，刘光兵发现自己的QQ图标在闪烁，点开一看，是一个叫“大西南来客”的陌生人。会不会是周民？他立刻询问，对方没有回答。刘光兵等了十分钟，正准备发短信过去，对方出现了，说：“我是周民。”刘光兵非常开心，立刻向对方致谢，并将从假身份证上扫描下来的照片传了过去。

刘光兵问：“收到了吗？”

周民回答：“收到了。”

刘光兵问：“认识这个人吗？”

周民没有回答。

沉默了一会儿。

周民说：“好像见过。”

“在哪儿见过？”

“我一直在想，可是想不起来。”

“会不会是同学？”

“不是。”

“小学同学，或者中学同学？隔壁班上的？”

“不是。”

“一起打过工的？”

“不是。”

“到新疆前，你都到过哪些地方？”

“昆明、成都。”

“在那里交过的朋友中有没有？”

“没有。”

“再仔细想想。你一定认识这个人，只是现在记不清了，因为你看到照片后的第一感觉是：好像见过。”

“是。”

“除了昆明和成都，你还到其他地方打过工吗？”

“浙江温州——时间不长。”

“一处一处地想，慢慢想。”

“想起来了，认识，在温州。”

“好得很！再仔细回忆一下，他叫什么？是干什么的？是哪儿的人？”

半天没有声音。

“我们一起在温州的一家塑料制品厂工作过，住同一间宿舍，上下铺。时间不长——半个月。他年纪比我小。”

“他叫什么？”

“许军。”

“会不会记错？”

“不会，全想起来了。”

“他是哪儿的人？”

“云南人。”

“能肯定？”

“能。”

“云南哪儿？”

“不知道。”

“忘了？”

“他没跟我说过。”

“最近你们有没有联系?”

“没有。”

“他没给你打过电话?”

“离开温州之后，就再也没有联系过。”

“QQ?”

“没有。”

“想想，在温州时，他有没有跟你借过身份证?”

“没有。”

“肯定没有?”

“肯定没有。身份证不能随便借给别人，这我知道。”

“你说得很对。前面你说，你跟他住过一间宿舍，是吗?”

“是。”

“你的身份证是不是随身带着? 有没有在宿舍里放过?”

“我怕随身带会丢，一直都放在宿舍里。你是说，许军背着我拿过我的身份证?”

“是。”

“他不够朋友!”

“以后要提高警惕。非常感谢你! 如果又想起了什么，就请在 QQ 上给我留言。”

“是。”

许军，云南人——这是侦破工作的重大突破。凭此，侦破工作就能顺利地往前推进——那个盗贼终将成为瓮中之鳖!

刘光兵为自己的初战告捷而感到十分高兴。

## (四) 掉包记

陈某在扬州 Y 桑拿洗浴中心洗澡，放在衣厢里的一万多元钱及一部手机确为许军所盗。

那天是许军进 Y 桑拿洗浴中心上班的第三天。他觉得在这一天下手是再合适不过的。第一天、第二天不妥，因为初来乍到，情况还没摸清。时间长了也不好，因为时间长了，人家会问这问那。你照实说吧，会把情况暴露给人家；不照实说吧，搞不好会被人家戳穿。对待这个问题，他已经是老手了。每到一个城市，他都会选择一家桑拿洗浴中心下手，并且都会这样确定时间，这对他来说已经是轻车熟路了。

扬州 Y 桑拿洗浴中心比较高档，服务很规范，递毛巾的、开衣柜的都有明确分工，而且每项服务不少于两人。许军负责给客人递毛巾。递毛巾的程序是：先给客人递上一条毛巾，再细细地擦净客人身上的水，然后还要蹲下身子把客人腿上、脚上的水擦净，最后给客人换上一双干净的拖鞋。许军一边勤快地做着这些事，一边注意着衣柜那边的动静。遇到负责开衣柜的服务员一时不在，比如吃饭啦，上卫生间啦，到前台拿东西啦……只要澡客喊着要开衣柜，许军便会立刻取过负责开衣柜的服务员挂在那里的钥匙，帮着开柜。开澡客衣柜的钥匙有两把，一把由服务员管理，一把在澡客手中。两把钥匙同时使用才能把衣柜打开。

这天，许军借上卫生间的机会，又一次在衣柜间转了一圈儿——要寻找下手的机会，就得经常不断地到衣柜间转转。这一回，机会终于来了。许军发现一个微胖的中年澡客正在脱衣服。从澡客的衣着，还有眉宇间春风得意的神色，一眼就能看出是有钱的主儿。许军立刻注意起他的钥匙牌来。天哪，今儿真是菩萨开眼帮他——这家伙的钥匙牌没套在手腕上（澡客拿到钥匙后，一般会套在手腕上，以防丢失），而是很不当回事儿地丢在沙发上。许军觉得机不可失，便环视了一下衣柜间——衣柜间里空无一人。于是，他立刻掏出那把与澡客的钥匙十分相似的废钥匙，在澡客举着双臂脱毛衣、两眼被遮挡的那一瞬间，迅速将沙发上的钥匙进行了调换。

调换成功，天衣无缝！

被他调换了钥匙的那位澡客下浴池了。他身子很白，一路走过来，钥匙圈拎在手里，一晃一晃的。许军觉得好笑：你这个呆子！等你洗过澡上来，就傻眼啦！许军立刻回到了里间。从这时起，他便开始特别注意澡客的进出，同时密切注意身边服务员的动向。钥匙到手了，接下来就要抓紧时间了——不抓紧时间，澡客上来了，一开柜门，事情就会败露。

许军发现，这一刻没有什么出池的澡客，也就是说，衣柜间里空无一人。再看看身边，两个服务员，一个在用手机跟家里人通话，脸红脖子粗地在说着什么；一个笑眯眯地对着电视看相声节目。许军走过去，取下挂在那里的钥匙，然后悄没声儿地走进了衣柜间。两把电子钥匙对上锁——吱的一声，中年胖澡客的衣柜被打开了。他把手伸进去急速地翻了翻，翻出一个皮包、一部手机。他又掏了掏衣袋，摸到一个钱夹。于是，他立刻把手机与钱夹揣入裤子口袋，把小皮包往滑雪衫里一藏，径直向大门口走去。到了门口，吧台的收银员笑着问他急匆匆地上哪儿去。他说到药店买点儿药——闹肚子！

到了一个僻静的巷子里，他急忙打开包与钱夹，发现有一万三千多元人民币，另有银行卡三张。他把一万三千多元人民币往口袋里一揣，剩余的东西通通丢掉。

半个小时后，许军乘上了一辆扬州开往南通的长途客车。

## （五）大海里也能捞“针”

许军是云南人。再具体点儿，是云南什么地方人，周民怎么也想不起来了。云南省可大了，通过公安内部网络查询，全省叫许军的多达四千人。四千人，仿佛一片浩瀚的海。怎样从这四千人中找到犯罪分子许军呢？这显然是给刘光兵出了个不小的难题。

难题毕竟也是题，是题就得求得答案。

刘光兵清楚地知道，路径无他——办法只有一个。于是，他冷静地坐下来，面对电脑，让这四千个许军排成队，一个一个地接受双目的检阅，以便从中“捉”出特别的那一个。

有了清晰的思路，剩下的就是脚踏实地地去做了。

这天早上一上班，刘光兵就打开电脑开始工作了。一张张许军的照片呈现在眼前，要想从中发现目标，就必须牢记许军的基本特征：脸型、眼睛的大小、鼻子的高低、嘴唇的厚薄，等等。如果是年龄差异较大、长相相去甚远的，那很好办——立刻就跳过去。可是反之，如果年龄相近、长相有些像，却又把握不准，这时就要细细地观察，进行比较和辨别之后才能准确地判断了。看两三个小时还不觉得累，但连续看上半天、一天，就有些头昏眼花了。面对这四千个许军，刘光兵看了多长时间？看了三天。头看昏了，他就摇摇头，做两下深呼吸；腰坐麻了，他就起来喝杯水，活动一下腰肢。刘光兵在交警队工作时，患上了腰椎间盘突出的毛病，如今工作一劳累就不同程度地发作。病情严重时，他疼得起不来身，必须卧床休息。久病成医，刘光兵对付腰椎间盘突出已经很有经验了。他在电脑前坐上整整一天，发现腰间开始隐隐作痛时，便会立刻贴上膏药，以抑制病情的发展。腰痛虽然没有变得更加剧烈，但到了第二天、第三天，他的眼睛便会吃不消——发红、干涩、疼痛。抽屉里备着眼药水，电脑看长了，他就拿出眼药水来，仰头往眼睛里滴一下。滴过眼药水之后，眼睛会稍微受到些刺激，但是会舒服些。闭眼休整片刻之后，他便会重新投入工作。为了提升辨别的精确度，以提高工作效率，刘光兵又找来一台电脑，将犯罪分子许军的照片放在桌面上，一旦发现相像的，就将两者加以比较。

中午，到了吃饭时间，同事们喊他去吃饭时，他仍然全神贯注地盯着电脑屏幕，一动不动。2 月里的一天，天很冷。同事过来叫他吃饭，说饭菜冷了，吃下去会不舒服。他答应着，看看时间，已经十二点了。他这才回过神来，发现肚子早已经咕咕叫了。前一天晚上，他在办公室里加班加点，回去后脑子里一直在转着白天看过的照片。他早上起得特别早，匆匆吃过早饭就往所里赶，因此肚子早就饿了。他在食堂的餐桌前坐了一会儿，夹了些菜到碗里，然后捧着碗，又进了办公室。就这样，他废寝忘食地加班加点，在电脑前坐了三天。三天的时间，四千张照片，这分明是在爬一座山。客观地说，这并没有什么特殊的技术含量，但它需要一种恒心、一种毅力。刘光兵用了三天的时间，顶着腰椎间盘突出的疼痛，顶着眼睛发红发痒的不适，终于爬到了这座山的山顶。在这三天里，他一共发现了四名可疑人员。但是，这四个人只是长相与真正的许军接近，还没有十足的把握确定谁是真正的犯罪嫌疑人。如有差池，将会导致犯罪分子逍遥法外、无辜百姓蒙冤受屈的严重后果。因此，刘光兵对他们细细甄别后，一并将照片放入文件夹，想请周民看看——周民毕竟跟许军住过一个宿舍，对他的体貌特征记忆最深刻，最有发言权。

可是，刘光兵刚从椅子上站起身来，便突然发现自己什么也看不见了。一开始，他以为是一时头晕所致——他长时间对着电脑伏案工作，经常会遇到这种情况。可是这一次，他发现不对劲儿。他扶住桌子，静静地站了一会儿；然后睁开眼，仍然看不到任何东西。他揉揉眼，轻轻地活动了一下脖子，然后再睁眼——眼前还是一片漆黑，什么也看不到。

天哪，这是怎么回事呀？

刘光兵立刻让同事用车子送他到医院就诊。医生告诉他，这是间隙性失明，是用眼过度导致视网膜神经受伤所致。刘光兵急于知道能否恢复。医生肯定地说："能，但要休息。"刘光兵这才放下心来。能恢复就好，不然他不是就要丢下正在进行的工作了吗？他不愿意放下他热爱的刑侦工作。这工作虽然苦——奔波不息、不得安宁，但惩恶袪邪、弘扬正义是神圣的，如果放下这份工作，就等于放弃了多年的追求。

进行药物治疗并且恢复了视力之后，他仅仅休息了一天，便来到了所里。

他立刻又投入了工作，与新疆的周民取得联系，通过 QQ 将那四张与犯罪分子相貌特征相近的照片传过去，请周民辨认。

周民很快便作了回复，把与他同宿舍住过的那个人告诉了刘光兵。刘光兵仍不放心，问他有没有把握。周民回答得很肯定：没有问题。

刘光兵立刻开始查看身份证信息。许军，云南省昭通市彝良县大巴头乡人，1986 年生，二十六岁。

刘光兵问："这两天你有没有回忆起有关他的情况？"

"我认识他的女友。"

刘光兵的脑子迅速转动起来。既然是女友，就应该与许军有密切联系。如果他们的关系还在继续，那么只要找到他的女友，就可以顺藤摸瓜，将许军抓到。

刘光兵快速在键盘上输入："这很重要。请回忆，他的女友叫什么名字、是哪儿的人，以及具体联系方式。"

"冯清，山东高密。手机号换了。她是我的 QQ 好友。"

冯清是周民的好友，周民可以进入冯清的空间。而既然冯清又是许军的女友，那么冯清的空间里也许会有许军的信息。周民固然可以直接进入冯清的空间，但周民能把刘光兵需要的信息调出来吗？

"你经常跟冯清联系吗？"

"不，没什么联系。"

"不在网上聊了？"

"是的。"

“请你与她再联系一下，可以吗？”

“不。”

“能否配合一下？”

“不能。”

“你能告诉我她的 QQ 号吗？”

沉默。

刘光兵只好说：“没错，这是你的个人隐私，我不该打听。但目前为了找到许军，我没有更好的途径，请谅解。不过请放心，我会尊重并保护你的个人隐私的，一定！”

仍然沉默。但不一会儿，对方的对话框里跳出一行阿拉伯数字：58765×××。

“非常感谢！”

刘光兵通过周民提供的冯清的 QQ 号，很顺利地进入了冯清的 QQ 空间，在里面找到了一些许军的照片。刘光兵立刻复制了两张照片，拿到扬州 Y 桑拿洗浴中心，请工作人员辨认。工作人员看了之后，一致说：“没错，就是他！”

## （六）“温柔美眉”的出击

许军离开扬州，来到南通，凭着偷来的一万多元人民币，过着潇洒自在的日子。与此同时，他也在物色新的休闲洗浴中心，准备仍以服务员的身份进去，伺机下手。

这天，许军在一家小酒馆里请才在歌厅里认识的一位小姐吃过饭，本想邀请对方到他的住处玩儿一把的，可小姐接了个电话，说有要事，冲他妩媚地一笑，便挥挥手，把他丢下了。许军很扫兴，但又不好尾随人家，只好懊丧地到网吧上网去了。

许军玩儿了一会儿游戏，觉得没意思，就想上 QQ 跟女友冯清聊聊天。可是，女友不在，却见消息管理器在闪动。是谁呀？

他很好奇，就点开了。是一个陌生人要加他为好友。许军正无聊，就立刻把对方加上了。

是个女孩的图标，名叫“温柔美眉”。

这名字嗲得很呀！许军很开心。管她是年轻小妹、寂寞少妇还是无聊老太，先聊聊再说。他立刻用粉红色的字键入：“请问你是谁？干吗找我呀？”

“我是你的粉丝。还记得三年前在温州吗？我跟你在一个厂打工，你给我印象好深呀！可过了不几天，就看不到你了。后来听说，你离开温州了。去哪儿啦？”

“我是在温州待过，可我对你怎么没有印象？”

“你一个大帅哥，头仰得高高的，见到我们就像没见到一样，当然没有印象了呀！”

“不敢不敢。”

“感谢老天爷，居然让我们又相遇了！”

“你怎么有我的 QQ 号？”

“嘻嘻，不告诉你！”

“不告诉，可别怪我不理你。”

“一个朋友告诉我的。”

“哪个？”

“别逼人嘛！我说了，你会笑我的！”

“噢，不逼不逼。你不在温州？近况好吗？”

“在。不好。”

“怎么不好？”

“天天加班，苦！你不是嫌这儿苦才跑掉的吗？”

“不好就跑嘛！”

“到哪儿都一样。给人打工，就得吃苦！”

“不，给我打工，包你不苦。”

“嘿，你发啦？”

“也谈不上发，混口饭吃。”

就这样，许军与当年在温州一同打工的一个“女孩”遭遇了。许军只是弄不清她到底是谁，因为没有印象了。不过，当时他在温州打工的那家工厂里，女孩子极多。女生宿舍与男生宿舍仅隔着一条水泥路。去车间上班或去食堂吃饭，经常会遇到有人打情骂俏。这个“温柔美眉”可能就是那些来来去去的女孩子中的一个。她怎么会如此注意我，并把我记在脑子里，还转弯抹角地将我找到了？天哪，也许是老天刻意安排的，也许我们之间就该有那么点儿缘分。

自从这天在网上相遇后，俩人就隔三岔五地聊起来，并且一天比一天热乎，升温很快。

就在这时，许军进了南通的一家休闲沐浴总会。与以往一样，他仍做递毛巾的事。这很好呀——这是一份最便于寻找目标、接近目标并伺机下手的好活儿！进入休闲沐浴总会上班的第一天，下了夜班之后，他进了一家小酒馆，美美地饱餐了一顿，然后进网吧上 QQ。他先例行公事地敷衍了自己的女友冯清几句，然后点开“温柔美眉”的对话框，发过去一个笑脸的图案。可对方回应的却是：“您好，我现在有事不在，一会儿再和您联系。”许军有些失望，只得玩儿起游戏来。没玩儿一会儿，“温柔美眉”就上线了，说：“知道吧，我想你。”

许军立刻发过去一个示爱的图案：“我也想你。”

“回到宿舍后，怪无聊的，我就进了你的 QQ 空间。你去过海南？”

“去过，去年冬天去的。”

“那张在椰林里的照片，我喜欢！”

“我马上发一张给你。你也发两张你的照片给我吧！”

“我不太想发。”

“为什么？”

“怕你不喜欢。”

“喜欢！张张都喜欢！”

“那我就发了！”

于是，对方就发了。

也就隔了一天，许军便在 QQ 里收到了“温柔美眉”的信息：“我受不了了，我想见你！”

许军的欲火一下就被点燃了：“我也是，做梦都想见到你！”

“我想到你那儿去！”

“不，还是我到你那儿去吧！”

“我想到南通玩儿一下嘛！听说南通有个狼山，挺好玩儿的，我要你带我去！”

“好！”

接着，许军发了两个表示亲吻、拥抱的图案，“温柔美眉”也回复了两个表示幸福、满足的图案。

于是，俩人约定了具体的时间、地点。

次日下午三点半，许军根据约定的时间来到了火车站。“温柔美眉”发短信告诉他，她从温州上火车，到达南通的时间是下午三点半。许军早早地来到火车站附近，在肯德基快餐店里坐下来，给“温柔美眉”发了一条短信：

“火车站东五十米，肯德基店。我坐在倒数第二排，面前的餐台上放着一本《大玩家》杂志。”

到了下午三点半，许军目不转睛地盯着肯德基店的大门，打量着每个进来的女孩子。他希望进来的每一个漂亮女孩都是他的“温柔美眉”。此刻，他很兴奋。他看过几张“温柔美眉”的玉照了，小模样还不错，有那么几分撩人劲儿！他想象着，接到“温柔美眉”之后，先在这里马马虎虎填一下肚子，然后二话不说，带她到住处去好好玩儿一把——她喜欢他，他也喜欢她呀！玩儿过之后，再出来好好吃一顿！

许军正满脑子胡思乱想，两个男人突然出现在他面前，一声断喝："不许动！"没等他反应过来，一副冰冷的手铐便套到了他的手腕上。

原来，这段日子与许军一往情深地甜蜜网聊的"温柔美眉"不是别人，正是刘光兵。

此人有一个非常女性化的名字：寇晓芙。此名不俗，“芙”即“芙蓉”，那可是“高洁”的象征。然而，此人犯下的罪行却与“高洁”背道而驰，玷污了“芙蓉”之名……

## 三、发财计划

2012年10月下旬，扬州城区及周边地区屡屡发生盗窃通信电缆案件，被盗的电缆少则上百米，多则三四百米。这些案件的发生，给通信行业带来了极大的经济损失，严重影响了通信行业的正常运行和社会声誉，同时给百姓生活带来了极大的不便。案件接连发生，案犯狡猾多变，这给公安部门的侦破工作增添了无形的压力。

刘光兵看过辖区内的几个作案现场之后，发现犯罪分子的作案手段极其野蛮。看到赤裸裸地暴露在外的被剪电缆切口，刘光兵感到十分痛恨，有一种要尽快将犯罪分子捉拿归案的强烈欲望。有时候静下来，刘光兵一想到犯罪分子用销赃得来的钱得意扬扬地大吃大喝，便怒火中烧——他最看不得犯罪分子这种公然挑衅的做法了。犯罪分子屡屡作案，就在他的身边，最远处也就是江都，这不是挑衅是什么？

“神探”啊“神探”，考验你的时候到了！

一直有信息传过来，说犯罪分子在什么地方又作案了。但是，犯罪分子总能凭借自己的大胆、狡诈从抓捕中逃脱。

10 月 20 日，扬州廖家沟大桥东侧的桥下发生了一起电缆被盗案件。歹徒割走了大约六十米电缆，造成扬州东区很大范围的通信受阻。

11 月 15 日晚上八点多，又有盗贼蹿至文广陵区东盛路金盛国际家居城南侧偷盗电缆，又是驾驶的面包车。

11 月 15 日晚上十点刚过，一位市民发现廖家沟大桥下有个黑影在动，鬼鬼祟祟的样子。慢慢走近一看，原来是有人在偷电缆。盗贼看到有人发现了他，如惊弓之鸟般立即驾车逃跑了。该市民义愤填膺，立即开车在后面追。盗贼一路狂奔，不管红灯绿灯，一律猛踩油门，仓皇逃窜。该市民眼看着追不上了，就停下车报警。等到警察出动，盗贼早已不见了踪影。不过，该市民提供了一条很有价值的线索：盗贼驾驶的是一辆“福田”面包车，车牌号为“苏 KJ5XX8”。

还是当晚，十一点十五分，在江都大桥镇，有人发现盗贼在偷盗电缆。案发后，巡查人员立即赶往现场。在现场，没有发现什么异常情况。再往前走，才发现了被剪断的电缆。盗贼一定就在附近！等巡查人员反应过来，盗贼已经发动了停放在路边的一辆面包车，逃跑了。巡查人员立即追赶，但由于距离较远，没追上。盗贼就这样在众人的眼皮底下逃掉了。

……

盗贼一而再、再而三地作案，太嚣张了，几乎到了肆无忌惮的地步！这在刘光兵负责的案件中还是比较少见的。这个案子不破，就还会有盗贼继续到处作案、危害社会，造成更加恶劣的后果。刘光兵深感责任重大，这个案子一定要拿下——作为一名警察，如果对付不了这么一个蟊贼，对自己、对上级、对社会都无法交代。盗贼都偷到他刘光兵的“地盘”上来了，这还了得！

当然，刘光兵心里也有底，盗贼一次又一次地得手，甚至从民警的眼皮底下逃脱，自以为手段很高明、做得很隐蔽，一定不会就此收手，还会继续作案的。只要盗贼继续作案，就一定逃脱不了侦查人员布下的“天网”。而且，盗贼一直在城东和江都作案，说明他对这一带的情况比较熟悉。对广陵区熟悉，对江都区也熟悉，说明盗贼应该就是扬州本地人。就怕盗贼“见好就收”，从此隐匿于江湖，这样就会给破案增加难度。刘光兵对盗贼的犯罪心理进行分析，得出了结论——一般来说，这类盗贼是越干胆子越大的。

现在摆在刘光兵他们面前的难题是：以往案件发生后，通过侦查，可以获得犯罪嫌疑人的基本信息，比如是男是女，面貌如何，是一个人还是有同伙……但对于眼前这个电缆大盗，却一点儿信息都没有掌握，可以说是没有发现任何线索。虽然曾有市民目睹了他作案，但都是在黑暗之中，根本看不清其面目。由于作案地点都在野外，那里没有监控，所以没有任何录像资料可查。

前面说过，有正义感的市民曾经驾车追赶盗贼，但是没能追上。不过，那位市民记住了盗贼所驾的车为“福田”面包车，车牌号为“苏 KJ5XX8”。然而，上网一查，这个号牌根本不存在。对于这样的情况，刘光兵一点儿也不感到奇怪——遮挡号牌、使用假号牌作案的例子太多了，现在有几个犯罪分子傻到开着装有真号牌的车子去作案？

然而，这位市民提供的这个假车牌号，却成了一个重要线索，在案件的侦破中起到了关键性作用。

刘光兵预测犯罪分子的胆子会越来越大，行动也会越来越猖獗——事情果然如此。这不，2012 年 11 月中旬，有市民反映，那辆挂着“苏 KJ5XX8”号牌的“福田”面包车在城东一带出现了。

刘光兵得到信息后，兴奋不已——他终于出现了！出现了就好办了。

那么，怎么才能找到嫌犯呢？刘光兵想出了一个土办法：一个小区一个小区地跑，一个停车场一个停车场地寻，一个院子一个院子地访。这种做法有点儿“撞大运”的意思。刘光兵自嘲说，笨人只有用笨办法。至于能不能有结果，刘光兵心里根本就没数。有没有收获不重要，就当是在辖区内巡防了，了解民情嘛！即使不能直接发现线索，也说不定能从百姓口中得到一点点有用的信息——这个时候，哪怕是游丝般细小的线索，也不能放过。事实上，刘光兵在很多案件的侦查过程中，都是靠那些很不起眼的线索有所突破的。

在信息时代，刘光兵借助先进的科技手段一次又一次出色地完成了任务。当然，也有像这样靠下“笨功夫”拿下案犯的，所以媒体有称刘光兵为“神探”的，也有称他为“土专家”的。

刘光兵没有将他的行动计划向任何人透露。一来，他担心到最后一无所获，弄得很难堪。二来，他怕走漏风声，最后传到嫌犯耳朵里，增加侦查的难度。

说干就干！刘光兵将自己的辖区划分为东、西、南、北、中五大块，只要有空，他就驾车出去转悠，尤其是下班之后。运东派出所的辖区位于城乡接合部，这里有规模较大的现代化住宅小区，有上档次的宾馆、酒店、卖场，也有城中村的农家小院。他在自己划分出的五大片区里，由内向外，如篦子篦头发一般，一层一层地走访。不问院落大小，不管道路宽窄……不论在灯火通明处还是在黑暗之处，不论在新建小区还是在传统村落，他总是将车停在路边，然后一处一处地查看。有时，他都觉得自己像个踩点的小偷了。刘光兵笑着说：“像没事人一样到处转悠，你说我像不像个坏人?”

在“东片”，刘光兵差不多走访了一整天。按照这样的速度，五个片区走下来，至少要五天时间。白天工作本来就忙，下了班再这样忙上一阵，他实在是累得够呛。关键是这样忙下来会有什么结果，他心里根本没数。第一天走下来，“颗粒无收”，他自己也难免会有些灰心。然而，开弓没有回头箭，刘光兵既然选择了这样的方式，就只有硬着头皮继续干下去了。好多事情就在你想要放弃的时候，说不定离成功就只有半步之遥了——刘光兵这样说服自己。

刘光兵想起著名侦探李昌钰说过，如果你真的要展开所谓的生涯，你必须比别人花更多的时间和精力。何况，如果你真的喜欢你所选择的方向，那么工作对你来说，就像游戏一样有趣。就连李昌钰这样名冠全球的大侦探的成功都没有什么诀窍和捷径，都要“比别人花更多的时间和精力”，他刘光兵有什么理由不努力、不吃苦就有所收获呢？

继续查下去吧。

于是，他查完了“东区”，再查“西区”、“南区”、“中区”、“北区”，辛苦了几天却毫无进展。这期间，刘光兵不止一次要打退堂鼓，但一直没有真正放弃。他想，本来也没指望靠土法破案。真的破了案才是奇迹，破不了案也没什么丢人的。这也算是一种尝试、一次努力吧。努力了就问心无愧，对社会、对组织、对自己都有个交代。

这一天下班后，刘光兵和往常一样，开始了他的巡查工作。他来到了扬州大桥老副食品城北边的一个停车场。这个停车场规模较大，停放的车辆很多。刘光兵将车停在大门外，信步走了进去。忽然，在停车场的西北角，刘光兵看到了一辆“福田”面包车。面包车的车牌号一下子触动了他的神经——“苏 KJ5XX8”！这不正是群众举报时提到的车牌号吗？他浑身热血涌动起来。真是“踏破铁鞋无觅处，得来全不费工夫”啊！当然，刘光兵是有着丰富侦查经验的“神探”，不会让激动溢于言表，更不会贸然采取行动，打草惊蛇。他像个闲人一样，甚至学起了社会上不三不四的人走路的样子，大摇大摆地慢慢走近那辆车。

车内没人！刘光兵围着车子转了一圈又一圈，既看车内，又用眼睛的余光看着周围。一旦有形迹可疑的人员出现，他便要想办法稳住那个人，不能让那个人有所察觉。

大约过了一刻钟，一直没有可疑人员出现。刘光兵转到了车子前面。车子前面被撞过，左侧大灯已破碎。车子坏了，为什么不去修理厂修理？这有点儿奇怪。这车是谁的？一般来说，车辆前挡风玻璃的标贴上会有基本信息。于是，刘光兵便习惯性地仔细察看前挡风玻璃上的年审标贴。标贴有些陈旧，上面的字迹模糊，难以辨认。不过，刘光兵还是发现了“大名堂”！刘光兵隐约看出，标贴上的车牌号为“苏 KEXX86”。这是怎么回事？车后悬挂的号牌上面明明是“苏 KJ5XX8”！这里面一定大有文章！他迅速退出停车场，与交警部门取得了联系，请求协助查一下车牌号为“苏 KEXX86”的车辆信息。很快就有了反馈：这是一辆被盗车，车主在十多天前报了案！

好！可以下手了！即使司机不是他要寻找的电缆大盗，也能凭这辆车的来路将其捉拿归案，然后再在其他方面寻找突破口。

刘光兵将发现的情况向派出所领导作了汇报。所里立即进入了“战备”状态。刘光兵备了枪，带着两路人马来到停车场蹲守——嫌犯一定会来取车的，蹲守是最好的办法。

蹲守从晚上九点开始。他们的两辆车，一辆停在停车场内不易让人发觉的地方，一辆停在停车场外离出口处不远的便道上。蹲守是令人兴奋的事，但这要在预想中的目标会随时出现的前提下。而事实上，蹲守又是很枯燥的。几个人憋在车里，不能随便走动，也不能分神，得时刻关注停车场内外的动静。只要有人出现在停车场，他们就会密切注意，看看是不是往“福田”面包车方向去的。

他们估计，嫌犯如果又要出去作案，晚上就一定会出现。然而，直到凌晨两点，一点儿动静也没有。大家都已经瞌睡难忍，个个哈欠连天。难道是嫌犯嗅到了什么，不敢露面？或者，嫌犯今天根本就没有“行动计划”？这样蹲守下去会有什么结果，确实无法预测。其实，刘光兵心里也没底。嫌犯究竟会在什么时候出现，会不会永远都不出现呢？好不容易发现了目标，轻易放弃是坚决不行的。他对大家说：“车子在，人迟早都会出现的。只要车子在一天，我们就守一天，不信他不出来。”

夜里两点钟以后，大家轮流眯一小会儿。就这样，他们坚持到天亮，却毫无收获。此时，大家又饿又困。他们白天还要回所里上班，还有好多日常工作要做。怎么办？派出所里本来人手就紧张，五六个人蹲守在这里，所里的事就没人做了。好在刘光兵不是无的放矢，目标车的出现使他有了底气。他对大家说：“现在谁也说不准哪一天会有结果，但我坚信，我们的蹲守是一定会有回报的。到时候我请大家吃大餐。”

刚开始时，时间还可以按小时计算，可现在对大家来说，一分一秒都是一种煎熬。尽管大家都是身强力壮之人，但谁架得住整夜不睡、时刻保持高度紧张状态，还不能乱动？哪怕能打打扑克牌消磨消磨时间，也是好的。然而，这是绝对不可能的。

时间又一点儿一点儿地过去了。刘光兵派人悄悄地买了几份早点，让大家在车里填一下肚子，然后继续蹲守。

功夫不负有心人！快到早上八点的时候，有个瘦瘦的、中等身材的、戴眼镜的男子走进了停车场。每一个出现在这里的人都有可能是潜在的目标，大家的目光齐刷刷地跟了过去。

此人在停车场里停了好大一会儿，东张西望了好一阵子，大概没发现什么情况，最后放心地奔“福田”面包车而去！大家陡然来了精神，顿时困意全无。男子打开车门，上了车。看来，他就是该车的“车主”了。哈，这下看你往哪里逃！刘光兵立即布置他们的两辆车，一辆准备在前面堵住“福田”，另一辆在后面截断其退路。

“福田”车被发动了！刘光兵他们的两辆车也同时被发动了。

“福田”车驶到了停车场门口，在前面执行任务的车立即迎了上去，与它车头紧贴着车头。在这方面，刘光兵他们很有经验。这个时候千万不能在两车之间留下空隙。有了空隙，对方就有可能加速撞上来。没有空隙，对方是无法撞上来的。果然，“福田”车的司机见势不妙，想强行闯关，但是被刘光兵他们的车顶得死死的，根本闯不过去。于是，“福田”车的司机又想往后倒，可是后面的车也死死地顶着，让它根本动弹不得。这样，“福田”车就陷入了进退维谷的境地。说时迟，那时快！在几秒钟的时间内，车上的民警迅速下车，拉开“福田”车的车门，将“车主”拖出驾驶室，按倒在地。

文学作品中常用“神兵天降”来形容这样的场面。被擒的男子惊恐万分，他对“神兵天降”这个词一定感受颇深。刚才进来时还十二分地小心，没发现什么异常，怎么一下子冒出这么多警察？警察们是怎么发现他的？

对于警察的突然出现，被擒的男子一点儿心理准备也没有。他万万没有想到，“成功”逃脱了多次，却在没有做坏事的时候被逮住了——他彻底蒙了。凭经验，刘光兵觉得这个时候嫌疑人迷迷糊糊的，还没有醒过来，会有较好的认罪态度。刘光兵首先想到的不是将此人带回所里讯问——有些事情必须在现场速战速决。

“知道我们为什么要抓你吗？”刘光兵大声喝道。

“我偷了电缆。”被按在地上的男子老实交代。

“偷了几次？都在哪里偷的？”

男子一一供述了他偷电缆的犯罪事实。

“带我们去指认犯罪现场！”

就这样，刘光兵他们在被擒男子的“带领”下，跑了江都、杭集、广陵产业园三个现场。该男子指认了犯罪现场，并交代了每次的作案时间，以及偷了多少电缆、卖了多少钱、钱的用途等。刘光兵他们在现场拍摄了照片作为物证。

这些事情本来应该在将嫌犯押回所里之后再做，但刘光兵都在现场解决了。后来想想，幸亏当时对案犯进行了突审，把这些问题都解决了，不然案件的审理会遇到很大的麻烦——这是后话。

现在，让我们来认识一下这个诡计多端的“电缆大盗”。

此人有一个非常女性化的名字：寇晓芙。此名不俗，“芙”即“芙蓉”，那可是“高洁”的象征。然而，此人犯下的罪行却与“高洁”背道而驰，玷污了“芙蓉”之名。

寇晓芙，邗江头桥（现为扬州市广陵区头桥镇）人，1977 年 11 月出生，身高一米七二。他脸型瘦削，嘴和下巴有些尖。当然，我们不能说他“尖嘴猴腮”，因为即使是嫌犯，在人格方面也应该得到尊重。寇晓芙戴一副眼镜，有些书生气，给人文质彬彬的感觉。然而，就是这样一个可以划入文弱书生一类的寇晓芙，却没有成为真正的学者——他的“成名之举”竟然是偷盗电缆。

寇晓芙虽然才三十五岁，但已经是“二进宫”了，在号子里待了十多年。1995 年 6 月 11 日，他因盗窃罪被捕，被江都市人民法院判了刑，在镇江少管所蹲了差不多七年，直到 2002 年 5 月 31 日才刑满释放。出来之后，由于没有什么正当职业，他名义上是在家务农，实际上却什么事也不做。种地的苦，他吃不来。他觉得干农活算不上有出息，挣不来钱。想来想去，他还是想干“老本行”。他认为，盗窃来钱快，又省力，也没有什么投入，是挣钱的最佳途径。于是，“手痒难耐”的寇晓芙到处乱窜，在扬州、泰州等地窃得摩托车五辆、汽车两辆、发动机机组一台，被泰州市高港区人民法院判处有期徒刑十二年，被关进了南京浦口监狱。由于在狱中表现较好，他被减了刑，于 2011 年被释放。

他在服刑期间掌握了电工手艺，完全可以自食其力，过上衣食无忧的生活。他有个亲戚是建筑公司的负责人，为他在工地上安排了工作，一个月有三四千元的收入。然而，这三四千元在寇晓芙眼里实在算不了什么。他总想不干活就挣钱，而且是挣大钱——他想一夜暴富。抢银行风险太大，入室盗窃也不保险，于是他想到了利用自己的“特长”，从事电缆方面的“经营活动”。电缆的出铜率很高，达到百分之六十左右，很受一些不良废品收购者的欢迎。一斤电缆可以卖到十八元左右，一个晚上弄上千八百斤不在话下。这么一算，一个晚上就可以有两千元进账，这要比在工地上累死累活地干轻松多了。寇晓芙根本不去想，他每卖一斤电缆虽然有十八元钱进了自己的腰包，但是会给通信业造成上百倍甚至几百倍的直接经济损失，更不要说间接损失了。用“伤天害理”来评价他所做的事情，一点儿也不过分。

寇晓芙开始实施他的“发财计划”了。首先得有工具，尤其是交通工具。没有交通工具，死沉死沉的电缆即使偷到了，也扛不回去。买车？没钱。那就只有偷了。2012 年 11 月初，寇晓芙路过扬州汽车西站，身上没多少钱，就想到停在路边的车上弄点儿钱花。路边停了一辆牌号为“苏 KEXX86”的“福田”面包车，这就是他的目标了。谁知，车门没锁，他抬手一拉，车门就开了。他想，真是天助我也！而且，对他来说还有更大的惊喜：车钥匙还插在锁孔里。他四下看了看，没有人。于是，他便用钥匙发动了汽车，轻而易举地就把车开走了。

车子到手之后，还有两方面的工作要做：一是乔装打扮，二是精心改造。车是偷来的，总不能藏在家里吧！可是，如果开出去，万一给原车主碰上可怎么办？寇晓芙毕竟是个“人才”，侍弄车子对他来说不是什么难事。这辆“福田”面包车经他这么一捣鼓，就“姓寠”了。

首先要把车“打扮”得面目全非，好不让原车主认出来。他把车身重新刷了一遍漆，原来是灰色，现在变成了米白色。这样，至少原车主不会一眼就认出来。其次，他把后视镜换成了其他款式。更重要的是，他花了三百元钱找人做了一副新牌照挂在了车上。这样，这辆“福田”面包车的车牌号就由原来的“苏KEXX86”变成了“苏KJ5XX8”！如此这般，不要说外人了，就是原车主也不一定能认出自己的车来。

再说一说“精心改造”。寇晓芙的目的很明确，此车是用来做“电缆生意”的，不是用来运送客人的，所以车上的座椅没什么用——拆了。还有，他想到自己是“野外作业”，有时候要通宵达旦地干，干完活之后一定很累，希望好好地睡个觉，便在面包车上安了一张床。于是，这辆车就成了寇晓芙移动的家和移动的办公场所。

这个寇晓芙是个胆大心细之人，就连相关证件上的照片与他本人不符，他都想到了。这可不行！一旦在路上遇到例行检查，就会露馅。不能因为这个细节破坏了他的“发财大计”——这点儿小投入是必须的。好在原车主将相关证件丢在了车上，好在现在社会上办假证的“机构”不少，于是寇晓芙便找到了办假证的，将自己的照片和原车主的证件一并提供给了他。仅用了两天时间，印有寇晓芙照片的证件就被天衣无缝地搞定了。

有了车之后，寇晓芙就琢磨着怎么去弄点儿钱用用了。于是，偷电缆的工程就提到“议事日程”上来了。

寇晓芙购置了大力钳、电工脚踏板、切割机、野外用热变电器等装备，都是将来“工作”中的必备品。当然，前面说过，寇晓芙是有一定水平的电工，这些物件的购买和使用对他来说是驾轻就熟。

另外，既然是和电缆打交道，就必须把自己伪装成电信部门的工作人员。这样一来，行动时一旦被有心人注意到，见他穿一身电信部门的工作服，便不会怀疑他了。于是，他又想办法为自己置办了一套电信人员的工作服。

寇晓芙也算是个“雷厉风行”之人，车子到手的第二天晚上，他便开始行动了。他驾驶“福田”面包车在杭集镇上转悠，找地儿下手。最后，他来到了廖家沟大桥下。在桥的东侧，他发现电缆离地面较近，用不着剪断挂电缆的钢丝绳就能够得着。于是，他迅速剪了六十多米电缆装上车，然后将车开到江都，在车上躲了一天。实际上，他就是在车上睡了一天。据寇晓芙说，他其实也没怎么睡着——毕竟是做了坏事，一点儿不心虚是不可能的。他人在车里，却一直看着车外，就怕周围有警车出现。就这样，他在车里熬过了一天，最担心的事并没有发生。于是，他找了个流动收废品的小贩，将电缆卖了，得了一千四百元钱。

这钱来得快，去得也快，也就是十多天的时间，一千四百元钱被他花得所剩无几——他必须再出去“挣钱”了。这一次，他转悠到金盛国际家居城后面，发现草坪上方有一根电缆。这时已是夜里十一点钟了，草坪上几乎没有行人，正是下手的好时候。我们知道，他是有电工基础的，爬电线杆对他来说不是什么难事。他蹬上电工脚踏板，“噌噌噌”地爬上了电线杆。咔嚓一声，粗粗的电缆就被剪断了，垂了下来。接着，他又爬上另一根电线杆，同样是咔嚓一声，两根电线杆之间的电缆就落到了地上。他手脚麻利地把电缆收拾好，弄上车，运走了。这次弄了八九十米，虽然长度比第一次要长，但因为不如十多天前那次弄的粗，所以总重量远远比不上第一次的“战果”，卖不了多少钱。这一次，寇晓芙对自己很不满意。寇晓芙的优点在于有连续作战的精神。他开着车，准备去杭集镇上再干一票，以扩大“战果”。去杭集镇，又要路过他第一次得手时所在的廖家沟大桥。在那个桥下，不用电工脚踏板就能够着电缆——实在是个“风水宝地”。唉，要是能多发现几个这样的地方该多好啊！寇晓芙想，上次偷过之后，隔了这么长时间，电信部门一定又把电缆修复了，不妨再去剪上一下。对于这些被偷过的地方，电信部门的人和窃贼各有各的考虑。电信部门的人想，一般来说，小偷一旦在这里得手，就不会再来了——再来就等于自投罗网。而窃贼会想，电信部门的人不会再将监管重点放在这里，因为他们认为他不会再来了。寇晓芙要反其道而行之，在电信部门的人想不到的地方下手。事实证明，寇晓芙的心理分析是比较到位的。这次他“故地重游”，发现原来被剪断的电缆被修复了。他反复观察周围的动静，确实没有发现有人巡查或监视这个地方。他心中暗喜，走过去用大力钳一夹，电缆又断了。夹完这一端，他准备到另一端再来上一钳子，好让“收获”跟上次差不多，却看见远处好像有人走过来了。寇晓芙不敢“恋战”，就近剪了一下，便匆匆将电缆搬上了车。这一次只剪了三四米，令寇晓芙十分懊恼：什么人没事走来走去，搅了我的财运？寇晓芙匆忙驾车逃走，却从后视镜里看到有辆车追了过来！他顾不上多想，向东一路狂奔，见路就走，见红灯就闯。这样行驶了十多公里，终于摆脱了后面的车，寇晓芙长舒了一口气。

追他的是一位市民。这位正义的市民虽然没追上寇晓芙，但却记下了他的车牌号（“苏 KJ5XX8”），为以后侦破此案提供了极为宝贵的线索。

寇晓芙归案后，带着刘光兵他们来到他昔日的“战场”作了指认。警察见过胆子大的，却没有见过胆子这么大的——寇晓芙居然敢在一天之内连续作案，真是胆大包天。他简直是财迷心窍，到了不知道“怕”字怎么写的地步了。

这还不算！

从廖家沟大桥下逃脱后，他见车里的电缆只有三四米长，心中万分“惆怅”，更有十二分的不甘：担惊受怕地捣鼓了半天，就这么一点点收获，实在是没意思。他决定转移“阵地”，弄点儿像样的“战果”来。

当晚，他又开着“福田”面包车从杭集上了沿江公路，边走边寻找下手的“良机”。这一“溜达”，竟到了江都大桥镇境内。在大桥镇的屏江村东方桥五组，有一个拆迁的工地上架设着电缆。拆迁工地上一般比较乱，白天闹哄哄，晚上没什么人——这是个下手的好地方。寇晓芙当即决定，就在这里动手。他和以前一样，先踩着电工脚踏板爬上一个电线杆，剪断电缆的一端之后，再爬上另一个电线杆剪断电缆的另一端。这样，一截电缆就落在地上了。正当他把电缆往车上搬的时候，有人发现了他，并报了警。他还没来得及将地上的电缆全部搬上车，就看见一辆警车驶了过来。他赶紧坐到驾驶室内，装着整理身上的工装。江都区公安局三江营水上派出所的民警张俊、张瑞清赶到时，发现路边有一辆牌号为“苏 KJ5XX8”的“福田”面包车，便走了过去。他们见面包车里坐着一个穿电信部门工作服的男子，以为此人是电信部门派来抢修电缆的，就没多想。此人看上去没有什么异常，还和他们打了招呼，就更是消除了他们的怀疑。本来他们想和这个“电信部门的工作人员”聊上几句，但是捉拿盗贼是他们最迫切的任务，其他事情只能以后再说了。张俊和张瑞清离开“福田”面包车之后，走了没多远就发现了被剪断的电缆。更加奇怪的是，刚才那辆“福田”面包车被那个“电信部门的工作人员”开走了——原来他不是电信部门的工作人员啊！看他那仓皇逃窜的样子，肯定是盗贼！于是，民警们开始驾车追赶。已经是 2012 年 11 月 15 日的凌晨两点多了。乡村的路本来就不好走，岔道又多，再加上路灯昏暗、距离较远，民警们只能眼睁睁地看着寇晓芙从自己的眼皮底下溜走了。

“我开得飞快，没命地逃，他们根本追不上我。再加上乡下到处是岔路，我见路就走，他们哪里知道我走的是哪条道啊！所以，我很快就甩开了警察。”在指认现场时，寇晓芙不知是还在自鸣得意呢，还是态度老实地积极配合警方的调查，总之他是作了非常详细的交代。

逃过警察的追捕之后，寇晓芙找了个角落把车停下，在车里睡到了天亮。天亮后，他开车往江都城区方向驶去。路上碰到一个收废品的小贩，他把电缆卖了，得了三千九百元钱。

寇晓芙将这三千九百元钱装进了自己的口袋，却给电信部门造成了巨大的损失。就拿在江都大桥镇的这次作案来说吧，对他来说还不算成功的一次偷盗，就使电信部门损失了三百米通信电缆，里面有六百零六根铜丝，直接经济损失达四万多元。至于进行维修的工时费，以及给客户造成的损失，就没法计算了。如此昂贵的电缆，被他一下子剪下来，就只能卖白菜价了。

寇晓芙几次得手并轻而易举地逃脱，胆子越来越大，胃口也越来越大，甚至产生了一种癖好——看到电缆就心痒手痒，不剪下来一点儿就不好受。2012 年 11 月 18 日晚上十一点左右，他在开车回扬州的路上看到路边有电缆，禁不住停下了车，又想大干一场。他取出车里的大力钳，蹬上电工脚踏板，蹿上了电线杆。然而，他刚剪断挂电缆的钢丝绳，就发现有人走过来了。他立即从电线杆上下来，开着车“恋恋不舍”地离开了。回到扬州，他将车开到扬州大桥老副食品城后面的一个露天仓库里，然后便离开了。11 月 20 日早上七点刚过，到这里来取车的寇晓芙被蹲守了一夜的刘光兵他们逮了个正着。

前面说过，刘光兵拿下寇晓芙后，幸亏进行了突审。为什么这样说呢？因为后来侦查工作告一段落之后，寇晓芙将以前交代的一切都推翻了。刘光兵毕竟是经验丰富的警察，是远近闻名的“神探”，他对犯罪嫌疑人的心理有充分的研究。落网之初，嫌疑人往往惊魂未定，来不及盘算，会乖乖地将自己的案底交代出来。可是，等到慢慢地平静下来，他就不会那么积极地配合警方的调查了——一些累犯、惯犯更是如此。这种情况，刘光兵遇到的太多了。

但是，寇晓芙还是让刘光兵感到有点儿意外。一般来说，犯罪嫌疑人会对警方的讯问一问三不知，或是对警方的指控拒不承认，但寇晓芙连自己说过的话都否认了，而且否认得很彻底，这是刘光兵没有想到的。

从严格意义上来说，这是典型的"零口供"。这样的案子送到检察院是不会被受理的，得退回来进行补充侦查。如果补充侦查没有实质性的进展，有时候还得放人。

放人？这是绝对不可能的。费了那么大力气把嫌犯拿下，再轻易地放人，对社会、对公众都无法交代，对自己更是无法交代。寇晓芙想靠抵赖逍遥法外，简直是白日做梦！

首先，2012 年 10 月 19 日晚上十点半之后，"福田"面包车被盗了。车主陆某某 20 日一大早发现车子不见了，赶紧报了案。刘光兵将车子被盗后在扬州大桥卡口抓拍的照片与 11 月 19 日在仪征卡口所抓拍的照片进行比对之后，请熟悉寇晓芙的人进行辨认，证明车牌号为"苏 KEXX86"的汽车驾驶员和车牌号为"苏 KJ5XX8"的汽车驾驶员是同一个人——寇晓芙！

其次，2012 年 1 月 15 日凌晨两点，江都区公安局三江营水上派出所民警张俊在大桥镇的屏江村东方桥五组案发现场发现的可疑面包车的车牌号也是"苏 KJ5XX8"。这难道是一种巧合？如果这事不是你寇晓芙干的，你归案后为何将刘光兵他们带到这个电缆的被盗现场来呢？江都那么大，为何你偏偏到这里指认现场？

寇晓芙后来的翻供，只能说明他这个几进几出号子的"老油条"认识到了事情的严重性，对自己此前的招供产生了"悔意"。为了逃避打击，他无奈之下只好百般抵赖。然而，铁证如山，他这样抵赖又有什么用呢？所以，他的"零口供"根本不成立，等待他的将是"三进宫"。

我在追踪采访中得知，经扬州市广陵区人民法院审理，判处寇晓芙有期徒刑六年。

刘光兵白天带着侦查员在一些重要地段仔细查找，没有发现目标。他如果不在城里，就应该是出城了，可是从几个出城路口的监控录像中找不到任何蛛丝马迹……

# 四、一追到底

## （一）刘光兵的讲述

人不可貌相，这话一点儿不错。犯罪分子姓李，叫李运来，是泰兴乡下的一个农民。他中等个儿，农民式的着装，一副本本分分的样子，说话不那么利索，似乎与犯罪没有丝毫的关系。他家里有几亩地，老婆很能干，现在农村的政策又越来越好了，他完全可以在家里安安稳稳地把小日子过好，可他却走上了一条犯罪的道路。

他干的是盗窃的勾当——偷人家的装载机。

什么是装载机？装载机其实我们都见过，只是不知道它的名字而已。它是一种重型装载车辆，马力很大，轮子将近一人高，前面有一个可以装载货物的车斗，在房屋建筑、道路施工、水利工程方面经常用到。一车斗挖下去，可以装一两吨土。这一带的装载机主要是江苏常州产的，一台一般都价值十几万元。

李运来一共偷了三台，案值四十多万元。

## （二）李运来实施盗窃的经过

案发时间是2008年6月28日，而李运来产生盗窃装载机的想法，却是在这之前很长时间。

6月中旬的一天，一直在扬州打工的李运来从“东方名城”住宅小区经过，不经意间看到一辆装载机停在“东方名城”门前的一片空地上。李运来之所以注意到它，是因为他最初在扬州F公司的建筑工地上开过装载机，对它有一种本能的关注。更重要的是，他偷过两台装载机，发过一些不义之财，尝到过“甜头”。他先是远远地注意它，接着就若无其事地走到它跟前。

这是一辆“常林”牌“30－5型”装载机，表面颜色为黄色，七成新，当初的出厂价应该在十六万元左右。

李运来没有在装载机前面停留，装成从这里路过的样子。但就看了这么一眼，他就记住了。

又过了两天，李运来进城办事，经过“东方名城”时，不经意间发现那辆装载机还停在那里。

天哪，它怎么还在这儿呀！李运来乐了，开始谋划起来。

回到出租屋，他有些坐卧不安。他喝着啤酒，吃着从熟食摊上买回来的卤水鹅，不由得眼前一亮。

之后，他又专程到“东方名城”住宅小区来过两次。他没有走到装载机跟前，而是站在一家小店的门口远远地看着它。他知道，“东方名城”门口有监控，不能走到跟前去，会被拍下来的。

反复观察了几天，到了6月28日，李运来终于忍不住想下手了。

夜里一点多钟，“东方名城”传达室的保安睡了。周围一片寂静，只有路灯默默地发出亮光。李运来直接走到了装载机跟前。白天他就观察好了，驾驶室右边的窗户没有关严，玻璃只摇上去一大半。他把手从窗户伸进去，将窗玻璃摇下去，从里面把门打开了。李运来开过多年装载机，对装载机的结构和性能十分熟悉。他进了驾驶室，从座位下面翻出一把起子，将前面的工作台面板撬开，把点火开关的两根线头接上，点上火，装载机立刻轰隆轰隆地被发动起来。他迅速开着装载机离开了“东方名城”。

下一步该怎么做，他早就已经考虑好了。出租屋是百分之百不能回了，最保险的一条路就是把装载机开回泰兴老家，找个主儿卖掉。左邻右舍问到了，就说朋友卖给他的，二手货，便宜得很。等货一脱手，有了钱，他就快活了。

他驾驶着装载机沿宁通高速公路一直往东开，经过扬州大桥，到了江都。为了躲避监控，他在江都城里转了两圈儿，然后才往泰兴方向开。到了泰兴，天已经亮了，四处雾蒙蒙的。小区的广场上、树林中，跑步的、打拳的，人影晃动，生机勃勃。肚子饿得咕咕叫，他已经顾不上了。他驾驶着装载机七绕八绕地想找一个以前帮过他的表亲，却没有找到。于是，他上了车，又往前开。他家在泰兴的河失，他拐上一条乡道，又转了几个弯，到了河失的地界。太阳升起来了。村里人吃早饭时，他来到了村里。他到了家门口，把火一熄，打开驾驶室的门，从装载机上跳下来，大踏步地进了家门。

## （三）目标突然消失

案发地点属于扬州运东派出所的辖区。刘光兵接警后，向失主详细了解了情况。被盗的装载机是“常林”牌“30－5型”的，是三年前花十六万五千元钱购置的。失主一直在施桥镇的一个建筑工地使用这台装载机。工程结束后，他准备歇几天再到扬州西区的一家工地去。他的住处在“东方名城”旁边，他与“东方名城”的保安比较熟悉，所以就把装载机停到了小区门前的空地上。没想到，隔了不几天，装载机被人偷了。

刘光兵首先调阅了“东方名城”小区门口的监控录像。录像记录了装载机被盗的整个过程。然而，却看不到犯罪嫌疑人的脸——犯罪嫌疑人头上戴着一顶安全帽，压得很低，脸部根本看不清。只见他走到装载机跟前，迅速钻进了驾驶室。过了不到五分钟，装载机就被启动了。这段录像开始的时间是夜里一点五十三分。这个时间很重要——有了它，就可以推断出犯罪嫌疑人到达下一个路口的大致时间，以避免漫无目的地进行侦查。

刘光兵看完这段监控录像后，立刻对交通情况进行了分析。从“东方名城”出来之后，向北的这条路很短。从这条路可以直接上宁通高速路。沿宁通高速路向西可以到扬州市区，向东可以到泰州。犯罪嫌疑人开着装载机进市区的可能性极小，他很可能是往东去了。于是，刘光兵立刻调阅向东去的必经之地——扬州大桥的监控录像。从“东方名城”到扬州大桥大约十分钟的路程，他因此而选看了深夜一点五十分至两点二十分之间的监控录像。好在装载机车型特殊、形状特别，很容易被发现，刘光兵很快便在录像中发现了自西向东行驶的装载机，它就像一只大蝗虫在路面上爬。

过了扬州大桥，公路上出现了三个岔道，这就需要分别调阅三个岔道附近的监控录像。刘光兵用了将近两天的时间才最终发现，装载机并没有拐弯向北，朝着他认为可能性较大的方向去，而是一直向东去了江都方向。

到了江都，公路又出现了岔道。装载机会往哪儿去呢？答案只能从一个个监控录像中寻找。大热的天，刘光兵拎着一个黑包，带着几封介绍信，一个单位一个单位地跑，身上全是汗，午觉也没时间睡。监控录像调回来了，他心情急迫地立刻坐下来看。江都那边有两个单位的监控录像存储格式特殊，用寻常的播放器播放不出来。于是，他不得不从网上寻找与之匹配的播放器进行下载。最后，终于播放成功了，他还得把这个新的播放器存起来，以备不时之需。其实，刘光兵已经存储了好几种播放器了。在侦查工作中，他一直是个有心人，十分注意积累各种相关资料，为以后的工作做好准备。

就这样，刘光兵马不停蹄地忙碌了四五天，没正常吃过一顿中午饭。他从江都交警队出来，通常是中午十二点多钟。他早饭吃得早，肚子早就饿了，可是回所里又赶不上中午饭，只好在路边的快餐店填饱肚子了。有时候，监控录像才看了一半就天黑了。同事们都下班了，他只能到食堂随便找一些中午的剩饭对付一下，然后到电脑前继续工作。有一回，他不知不觉地看到了半夜。看看时间，已经过了十二点。这时赶回去，既会影响身体不好的妻子休息，又会影响第二天一早要去学校上早读课的女儿。于是，他坚持把调回来的监控录像看完，然后冲了个凉水澡，钻到值班室里对付着睡了一夜。第二天同事们来上班，他又眼睛红红地起来了。

调阅监控录像是一件很枯燥的事，但是这项工作很重要，因为像这样的装载机被盗案，以及其他以机动车为运输或逃逸工具的案件，都是主要依靠这个侦查手段来侦破。人眼总有看不到的地方，容易被这样那样的东西遮蔽，但“天眼”却无时无刻不在注视着你，摄下你的影像。刘光兵觉得，“天眼”就是设在各个路段的监控设备。

刘光兵调阅了江都多处路口的监控录像，最终在江都大酒店发现了目标。犯罪嫌疑人很有反侦查意识，他最终的目的地不是江都，仅仅是为了逃避监控才自作聪明地进入江都市，故意东拐西绕，最后选择了一条偏僻的小路出城，直奔姜堰、泰兴方向而去。

只要目标没有消失，就应该一步一步地追踪下去。到了姜堰，又出现了岔道。犯罪嫌疑人只有两条路可走：去姜堰，或者去泰兴。刘光兵把两地的监控录像一调，很顺利地就发现了犯罪嫌疑人的行踪——没去姜堰，去了泰兴。

追踪到这里，虽然付出了辛苦，但总体来说还算顺利。就这么一步不停地追下去，肯定能找到犯罪嫌疑人的老窝。可是，到了泰兴，目标却消失了。从泰兴西城区的入口监控录像上看，装载机一路大摇大摆地往城里开去，图像清晰，速度很快，可到了城里，经过几个道口，却突然消失了。如果犯罪嫌疑人的目的地是城里，那么借助一些主要道口的监控录像应该是可以找到他的，但结果却没有找到。刘光兵白天带着侦查员在一些重要地段仔细查找，没有发现目标。他如果不在城里，就应该是出城了，可是从几个出城路口的监控录像中找不到任何蛛丝马迹。

笑话——难道他飞到天上去啦？刘光兵凭直觉判断，这是一个十分狡猾的家伙，他的目的地一定就在这附近。

有难度才有干劲，刘光兵跟他摽上了。他暗暗对自己下令：要在这里安营扎寨，一定要把犯罪嫌疑人抓住！

## （四）审讯录音摘要

刘光兵：你把装载机开到泰兴市内，是什么时间？

李运来：夏天天亮得早，大约五点多钟。

刘光兵：你在城里找过谁？

李运来：找过我的老表王平。他是给开发商做土建的，我在他那里开过半年装载机。后来他接不到工程，没事做，我就从他那儿离开，到扬州来了。

刘光兵：找到了没有？找他想干什么？

李运来：没有找到。我先是打他的电话，他手机关机。他家住在乐天玛特超市旁边的一个小区里，进去第二排就是。我想，这么早他肯定在家，我就把装载机停在小区外边，直接上他家敲门。是他老婆开的门，她说我的老表上镇江去了，昨晚没回来，问我有什么事。我找老表，也是临时决定的，想法主要有两个：一是他手里要是有土建工程，我想到他手下开装载机，多少弄点儿钱；二是老表要是工程做得好，想要装载机，我可以卖给他。但他不在家，就谈不成了。可是，我也不想坐在那里等。我没有把想法说出来，随便说了几句不相干的话就走了。

刘光兵：还联系过什么人？

李运来：没联系别的人就出城了。

刘光兵：你是怎么出城的？走的哪条路？

李运来：我走的是西城关的小路。我走这条路，是因为我在乐天玛特超市那边待了一段时间，怕暴露了自己。西城关这条小路没有监控，我觉得安全。我是河失镇人，泰兴城我常来，很熟悉。我对这里弯弯绕绕的路很熟悉，晓得哪条路通哪里，哪条路上没有监控。我从僻静的小路绕出城，走过一片蔬菜大棚，遇到了一些土路，很窄。装载机不是小轿车，它是前后驱动的，照样跑得起来。穿过一大片荒地、田埂，又有了路。上路跑了一段，我就又回到大路上了。

刘光兵：你绕了这么大一个圈子，就是为了绕过监控？

李运来：是的，我怕被监控拍下来。装载机是特种机动车，在哪里跑都会引起注意，我是害怕。

刘光兵：离开泰兴城后，你去了哪里？

李运来：我哪儿也没去。我把装载机一直开到了河失——我家在河失。到了家，我就把装载机停在屋外的空场上，我老婆也没有问我装载机是哪儿来的。我在外经常给人开装载机，以前也把人家的装载机开回来过，她一定以为这台装载机也是人家的。我吃着早饭就想着这台装载机该怎么处理。这东西来路不正，搁在家门口，我心里发虚。最好的办法就是把它卖了，价格便宜些会有人要的。我们这个地方，在外兜揽各种土建工程的人很多，用得着装载机。我已经想好了，要是有人问我装载机是从哪儿来的，我就说是朋友的，他太忙，托我替他卖掉。我在家待了几天，找人说了这件事。对方把话听进去了，说要考虑一下，让我等着回信。几天过去了，没有回信，我等不及了，就准备想别的办法。我去找镇上的李老板，他在泰兴搞拆迁建房，工程做得大，也许需要装载机。他听我说了情况，说暂时不需要装载机，但是我那台如果闲着，可以放到他的工地上用，一天给两百块钱租金。我听了，挺高兴。过了一天，我就把装载机开到他的工地上去了。你们在工地上发现的就是这台装载机。

## （五）踏破铁鞋无觅处

刘光兵最终是在泰兴的一个建筑工地上找到这台装载机的。为了找到它，刘光兵带领着侦查员，顶着烈日，冒着酷暑，一个地方一个地方地调查、询问，付出了许多艰辛和汗水。

目标从泰兴消失之后，刘光兵凭直觉判断，装载机就在泰兴或者周边地区。监控录像上没有，他很显然是走了旁门左道。那就吃点儿苦，费点儿事，一处一处地找吧。装载机不是别的车辆，它是一种专门的机械设备，使用的范围仅限于公路交通、桥梁建设、房屋开发等。犯罪嫌疑人得手后，不可能把它放在那里睡大觉，他要用它挣钱——或者变卖，或者转租，或者自己使用，总能将它派上用场。因此，只要到周边的工地上调查一下，就很有可能会发现目标。

于是，刘光兵便带领侦查员对泰兴及周边的工地进行逐一的排查。尘土飞扬的建筑工地上，一台台挖掘机、装载机像甲壳虫一样缓慢挪动着。刘光兵将车停在公路边，与侦查员分头行动，一个去找这里的负责人调查情况，一个直接走到装载机跟前进行观察。被盗的装载机是“常林”牌“30－5型”，黄色，七成新。刘光兵在调阅监控录像时多次看到过这台装载机，所以工地上只要有它，他一眼就能认出来。

刘光兵说明了来意，问工地负责人最近有没有新进一台二手的装载机。对方的回答是“没有”。

其实这个答案刘光兵在发问前就已经料到了，而且刘光兵深深地知道，即使对方买了，也肯定会这么回答他。刘光兵真正想要看到的是对方回答问题时的眼神，他可以进行判断，从中找到蛛丝马迹。

侦查员回来了。他满身灰尘，满脸是汗，对着刘光兵直摆手。

于是，他们直奔下一个工地。

摧枯拉朽的拆迁工地上，一台台装载机正把堆积如山的建筑废料往重型运输车上装。他们绕行于断壁残垣之间，跨过一堆堆水泥碎块，冒着被钢筋划破身体的危险，去靠近装载机，看看是什么牌子、什么型号的。这台看过了，那边还有两台。它们被浓厚的灰尘包裹住了。稍微等等，等它们挪动到大卡车那边再细看——都不是。那边断墙后面停着一台，好像不是黄颜色的。过去看看，不能马虎……

再去下一个工地！

大雨滂沱，电闪雷鸣。

他们在路边躲了半小时雨，雨终于变小了。

工地上没有人，只有一片白花花的积水。七八台挖掘机、装载机横七竖八地停在那里。

刘光兵与侦查员一起脱掉鞋，光着脚丫走了过去。

脚下是稀烂的泥，他们只好身子一歪一歪地往前走。

一不小心，摔了一跤，摔成了“泥猴”……

他们东奔西跑地整整忙了三天。第三天下午，终于在泰兴市东城区的一个商城的工地上发现了目标。这台“常林”牌“30－5型”装载机正在工地上来回忙碌。驾驶装载机的是一个二十多岁的小伙子。刘光兵在现场拍下照片之后，立刻去找工地的负责人杨老板。

五十岁左右的杨老板直言不讳，说这台装载机不是他的，是一个熟人租给他用的。刘光兵向他讲述了事情的来龙去脉。杨老板大吃一惊，连忙说："怎么会有这样的事呀？这不能怪我呀！我对菩萨发誓，我一点儿都不晓得，真的一点儿都不晓得呀！"

杨老板是个识时务的人，他对刘光兵很配合。他告诉刘光兵，租给他装载机的人叫李运来，三十多岁，河失镇人，家住利民村三组，手机号码是……

刘光兵担心走漏了风声，向所长汇报了情况之后，立刻与当地派出所取得联系，请求出警配合，对李运来实施拘捕。

考虑到乡村家族关系复杂的特点，拘捕过程中有可能受到围堵甚至拦截，除了刘光兵与随同的侦查员以外，当地公安民警也参与了行动。大家都穿着便衣，乘坐着两辆汽车，进入了河失镇利民村三组。这时，天色已晚。刘光兵向村里人打听李运来家住哪里，对方立刻把远处的一幢新砌的二层小楼指给了他。刘光兵想，这家伙倒也顾家，用作案弄来的不义之财把房子砌起来了。车子在乡村狭窄的水泥小路上缓缓前行，离李运来家还有一段距离。前面是打麦场，他们把车子掉好头停下，以便逮住李运来之后及时撤退。然后，他们下了车，步行向前走去。

到了那幢新砌的二层小楼门口，只见一个中年男子坐在院子里的小桌旁喝酒。刘光兵上前打了个招呼，问对方是不是李运来。中年男子放下杯子，看着刘光兵问："你们找李运来有什么事？"刘光兵早有准备，说："我们是来调查前些时候发生的一起交通事故的，想打扰你一下。"说着，他与侦查员一起进了门。对方低下头，边喝酒边说："李运来是我弟弟，在西边紧挨着我家的那个门里住。"

刘光兵退了出来。

西边是几间破旧的平房，与这幢小楼有着天壤之别。刘光兵进门就喊："李运来在家吗？"

门里立刻有个男人答应："在！什么事呀？"

刘光兵继续往里走，碰到一个三十多岁的女人，可能是李运来的老婆。她望着刘光兵说："他在厢房。"

厢房在外面，刚才的应答原来是从厢房里发出的。刘光兵立刻退出去，进了厢房。厢房里有炉灶，一个短头发、三十多岁的敦敦实实的农民正握着菜刀切菜。刘光兵暗暗提高警惕，表面上却面带微笑地和李运来打招呼："准备吃晚饭啦？对不起，打扰你了！我们是为了过去发生的一起交通事故来找你做个调查的，只要一会儿工夫，请你配合一下。"

李运来看了看刘光兵，放下菜刀，跟了出来。落后半步的侦查员一下子将口袋里的手铐拿出来，咔地一下铐到了李运来的手腕上。刘光兵见他已经被铐住了，便转身断喝："不许动，你被捕了！"

屋里屋外的人立刻乱作一团。李运来的老婆扑上来，没命地阻拦。住在隔壁二层小楼里的李运来的哥哥、嫂子也赶了过来，挡住院门，不让他们出去："你们凭什么抓人？没有王法啦！"转眼间又来了三四个人，先是观望，接着跟李运来的哥哥一个腔调："不许抓人！"刘光兵知道，乡村里同姓家族的人多，一旦围上来是很麻烦的，搞不好会出不去的。于是，他当机立断，在当地公安民警的配合下，一边解释一边左冲右突，一步一步地将李运来押到了车上。村民们拉住车门不放，双方推来拉去数次，好不容易才把车门关上。刘光兵喊道："快启动！"

车子往前疾驶而去。

## （六）采访摘录

刘光兵：说说，你为什么会想到要偷装载机？

李运来：日子没法过，被逼无奈。

问：怎么叫被逼无奈？具体讲一下。

答：闯下祸了，欠下债了。之前是在扬州 F 公司开装载机，后来不开了，给一个老板开长途汽车，跑运输。2007 年我倒了大霉，开车往日照送货，出了车祸，撞死了一个人。虽然不是我的全责，但最后判下来，我要赔十二万。不赔？对不起，坐牢去。我不想坐牢，就回家筹钱。老底子掏空了，又东挪西借，只凑了七万，还差五万。七万先给了丧主，剩余的五万还得想办法，过期是要承担法律责任的。这日子不是人过的呀！逼上梁山，就做了这事。

问：你的观点是错误的。背了债，一时还不清，就可以去偷、去抢、去干违法犯罪的事？这是不可以的。钱只能通过劳动去挣，一时解决不了，为了救急，哪怕卖房子、卖家具，也不能去偷。据了解，你一共偷了三台装载机。一台装载机可以卖十万，你的债在你偷了第一台装载机之后就应该还清了，为什么还要偷？

答：觉得钱来得太容易了，想再捞些。

问：看你住的还是老房子，没有翻新，后来的钱好像并没有用在家里呀！

答：给我玩掉了。

问：玩掉了？怎么个玩法？

答：打牌。

问：赌博？

答：是。

问：除了赌博，还有什么？

答：吃吃喝喝，有时还被朋友拖去唱歌、洗澡。

问：有没有想过你的这种行为会有什么后果？

答：想过。一次得了手，就以为次次都会得手，不一定会败露，有了侥幸心理。这种侥幸心理真是害死人！其实我也不是不想。我经常想，夜里一觉醒来就想，但我不让自己想——不敢想，越想越怕，经常吓出一身冷汗。我晓得，不去想这件事的后果，是一种逃避。跟朋友在一起玩时没有感觉，可是一个人静下来就会觉得这不是人过的日子。

## （七）案件中的故事

经审讯得知，李运来自2006年至2008年，共计盗窃装载机三台，最后一台出租给在泰兴做土建工程的杨某，目前已被缴获归案。另两台均已卖出，一台卖给了江都邵伯的刘某，另一台卖给了仪征的徐某。刑警们经过一番艰难曲折的侦查追踪，最终缴获了这两台装载机。

邵伯镇的刘某，三十多岁，在某运输公司工作，家庭小康。他为了给家庭开辟财源，做了一项副业：利用业余时间开办了一个水运码头。可是一年做下来，效益不佳，加之老婆有病，实在忙不过来，就把码头转让给了别人。2006年9月，他听说有人有一台装载机要卖，价格比较优惠，便想把码头转让掉，买一台装载机租给人家，用每个月的租金补贴家用。他开过码头，对装载机的行情比较熟。一台装载机如果租出去，一天的收入应该在两百元左右，一个月下来可以收入五六千块钱，还是挺划算的。于是，刘某便去看了看那台装载机。那是一台“常林”牌“30－5型”装载机，七成新。他上网查了一下，这种装载机的出厂价在十五万八千元左右。他问对方多少钱能出手，对方说十一万八千元。经过讨价还价，最后以九万八千元的价格成交了。刘某跟对方要发票，对方说发票早丢了，写个条子就是了。于是，就写了张纸条，再注上对方的身份证号码，并让对方签了字。纸条上签的名字跟身份证上的完全一致——李运来。最后，他们一手交钱，一手交货，两清了。刘某对此很满意，他觉得自己赚了个大便宜。没过几天，他就把这台装载机租给了镇上的运输公司，每月坐享其成地赚起了租金。

另一台装载机卖给了仪征的徐某。

徐某五十多岁，戴一副眼镜，是个包工头，专做土木工程。他这两年工程接得顺，赚了不少钱。一天，他在酒桌上说，准备进两台装载机。有人听到了，就把李运来介绍给他，因为李运来手里正好有一台装载机要卖。徐某见是二手货，要求看看机器。机器七成新，再看仪表盘——只开了九百多个小时，还早着呢。于是，他来了兴趣，开始谈价钱。李运来反复强调自己要到外地做生意，装载机用不着了，迫不得已才让价出售的。徐某只说，他跟厂家有关系，都是按出厂价买的，况且目前手里有两台机器用着，也不急着买。一来二去，最后敲定了——十一万元。临付钱时李运来才说装载机的发票丢了，他这是吸取上一回的经验。徐某皱起了眉头——这么大一个东西，又不是电瓶车，没有发票怎么行呢？李运来连忙解释：“你说的一点儿不错，可我哪想到有一天会卖掉它呀！买了之后我就没当回事儿，把发票随手一放，日子长了就丢了。这样吧，我给你立个字据，行吗?”徐某看他一脸的真诚，又暗地里盘算了一下，觉得挺划算，便以没有发票为由，硬是砍下来五千元钱，最终以十万五千元的价格成交。

2008 年夏天，此案告破后，李运来在接受审讯时一一交代了犯罪事实。最后，不仅把两台装载机作为赃物没收了，而且视情况给予了不同程度的处罚。

## （八）刘光兵的感受

刘某与徐某的上述行为，客观上已经成了犯罪链条中销赃的环节。销赃对犯罪分子来说十分重要。他们要将赃物变现，因为只有变现了，他们才能继续进行犯罪活动。如果你帮助他们实现了目标，助长了他们进一步为非作歹的气焰，那么从某种意义上讲，你就成了犯罪分子的同谋。这些人之所以走到这一步，其根源不外乎两条：其一，他们法律意识淡薄，不知道在进行物品交易时要遵守各种法律法规；其二，他们爱贪小便宜。但凡是赃物，犯罪分子都急于出手，价格一定比市场上的要低。如果你一味地贪小便宜，就会置法律法规于不顾，与犯罪分子做交易，最终与他一同走上犯罪的道路。

刘某、徐某的故事是一个教训，值得记取。

一个与案件关系不大的“局外人”的一个眼神，也没能逃过刘光兵的眼睛。最终，就是这似乎与案件毫不相干的眼神，使针对一桩拖了一年的案件的侦破工作有了突破性的进展……

# 五、眼中玄机

警察侦查案件，离不开对嫌疑人的“察言观色”：嫌疑人的一个动作、一个眼神，甚至一个细微的表情，都会在明察秋毫的警察眼里成为重要的线索，最后成为案件侦查的突破口。2008 年发生了一起案件。在这起案件的侦破过程中，一个与案件关系不大的“局外人”的一个眼神，也没能逃过刘光兵的眼睛。最终，就是这似乎与案件毫不相干的眼神，使针对一桩拖了一年的案件的侦破工作有了突破性的进展。

先说案情吧。

2008 年 10 月 2 日凌晨零时左右，扬州大桥东侧一网吧附近发生了一起聚众斗殴案件，一名叫卢志松的男子左臂被砍成了几截。案件一时间在扬州东区被传得沸沸扬扬，造成了极其恶劣的影响。

受害人卢志松是淮安人，和弟弟在扬州的一家运动用品有限公司上班。国庆长假他们没有回老家，也没有出去游玩，打算就在扬州过。10 月 1 日晚上十点多钟，卢志松和弟弟卢志柏，还有两位同事来到扬州大桥东侧的“HC 网吧”，在二楼坐下来，准备在网吧过夜。十一点四十分左右，从楼下上来三个男青年。走在前面的是一个“光头”，身高在一米八左右，看上去很魁梧、彪悍，身上散发着酒气。他们一上来就气势汹汹地到处找人，最后看到了卢志柏。“光头”一把揪住卢志柏的头发，大声责问：“刚才是不是你在外面打人?”卢志柏被这突如其来的袭击惊呆了，一下子说不出话来。这时，正在旁边上网的哥哥卢志松看到弟弟被“光头”长时间地揪着头发，冲过来打掉了“光头”揪着卢志柏头发的那只手。“光头”立即恼羞成怒，对着卢志松大吼：“你打我了!”卢志松也提高了嗓门儿：“你为什么抓我弟弟的头发?你不抓他，我怎么会打你的手?”僵持了不长的时间，“光头”说：“有话到楼下去说。”

“光头”在前面走，卢志松和卢志柏以及另外两个同事跟在后面下了楼。

他们来到楼下时，网吧的走廊上站着几个年轻人，其中一个三十多岁、矮矮胖胖的人和“光头”打了声招呼。卢志松立即意识到，他们和“光头”是一伙的。“光头”对胖子说：“就是这几个人打我的！看头发就像是刚才打我的人。”卢志松也不示弱：“你这话什么意思？你的头发还像我的头发呢!”在双方的争执中，卢志松大致明白了事情的缘由：刚才“光头”在外面被几个人打了。他当时势单力薄，吃了大亏。他估计打他的人就藏在网吧里，于是就打电话招来平时在一起打工的几个人进行报复。打完电话，他就带着先期赶到的“援兵”在网吧里找人。

卢志松正盘算着怎么对付这几个人时，来了一辆出租车。从出租车上下来五六个人，二话没说，冲着卢志松就是一阵猛打。卢志松见对方人多势众，心想，好汉不吃眼前亏——他逃到了马路对面。有一个手拿砍刀的青年追他，但是没有追上。此时，“光头”和那几个人已不知去向。卢志松见没人追自己了，就又回到了网吧门前，打算与弟弟及另外两个同事会合。谁知这时

“光头”又出现了，而且刚才那把刀也到了“光头”手上。“光头”又开始追打卢志松，卢志松就往网吧的南面逃。追了大约二三十米，卢志松被击倒在地，手臂和腿被砍了数刀，手臂被砍成了几截。场面血腥，令人看了不寒而栗。

砍了人之后，那一伙人作鸟兽散。

刘光兵在了解案情的过程中，反复问卢志松他们：“你们认识‘光头’吗？平时和‘光头’打过交道吗？”卢志松回答得非常肯定，他根本就不认识他们，更谈不上打交道了。

这件事情有点儿复杂。俗话说“冤有头，债有主”，如果平时就认识，或者打过交道，那么多多少少可以掌握一点儿他们的情况。办案的人最怵的就是无冤无主的案子了。

刘光兵分析，“光头”他们有可能是在外面吃了亏，想找人报复，却找错了人；或者明知道是找错了人，但还是动了手，就是要拿卢志松他们这几个人出一口恶气。

这案子要理出个头绪来还真不容易——从哪里下手呢？目前掌握的信息并不多，只能从网吧的监控录像上看出此人的大概面目：光头、个子较高。据受害人卢志松回忆，此人不是扬州人，操着江苏北部口音，像是涟水一带的人。

就凭这条线索，要想找到嫌犯，无异于大海捞针。

在一次演讲中，著名华裔神探李昌钰说过这样的话：“我从小就听人家讲，你只要努力，就有可能。我这一辈子实际上只做了一件事，那就是使不可能成为可能。”

刘光兵暗暗发誓，要把“大海捞针”这种不可能变为可能！

刘光兵分析，以“光头”为首的一帮人在扬州打工的可能性很大，而且“光头”能在很短的时间内调集到这么多人，说明这些人的住地离网吧都不会太远。根据他对打工人员的了解，这些人在网吧出现的几率一定很高。

刘光兵从网吧的监控录像上截下“光头”的照片，带在身上，开始了在网吧、工地、厂房的拉网式的侦查。另外，他还发动社会上的力量，广泛追查线索。在城市的各个角落都有一些游手好闲之辈，俗称“社会闲杂人员”。他们没有正当职业，常常聚在一起喝喝酒，上上网，玩玩游戏，有时候也折腾出一些动静，比如打架、闹事、到小饭店白吃白喝，等等。刘光兵的辖区内也有不少这样的人，刘光兵没少对他们进行教育。他们特别佩服刘光兵，一般不会在刘光兵的眼皮底下干出格的事。有时在路上遇见，他们还会刘哥长、刘哥短地打招呼。刘光兵遇见他们，便会严厉地说：“最近没干什么坏事吧？都老实点儿哦！犯了事，刘哥可不认人！”听了这话，他们便会点头哈腰地说：“不敢，不敢。刘哥的教导，我们一直记在心里呢。刘哥有什么事，尽管吩咐！”

“刘哥”这次真的有吩咐了——请他们多留心帮助打听打听在酒吧闹事的那帮人的下落。他们听了刘光兵的吩咐，立刻说：“请刘哥放心，我们一定效劳。”

当然，刘光兵并不是真的指望他们帮他把案子破了——如果凭这几个小喽啰就能把案子破了，还要他这个“神探”做什么？他只是想，多找到一些线索就多一些破案的把握。在这样一桩无头案面前，任何一条线索都是至关重要的。

当然，刘光兵知道，更重要的是要靠自己。白天，他一边工作一边走访一些外地人集中的工厂；晚上，他又要到网吧去摸摸情况。扬州城里的网吧有上千家，这样查下去会有什么结果，他也心中无数：如果这些人逃离了扬州怎么办？即使这些人还在扬州，他们也会今天去这个网吧，明天去那个网吧，被刘光兵查个正着的概率很小。所以说，这样的排查方式有点儿像赌博。

不过，赌就赌吧。努力了不一定有结果，但是不努力就永远不会有结果。真正自首的犯罪分子毕竟是少数，并且是在警方的强大压力下才不得不坦白。有几个犯罪分子没有侥幸心理，会乖乖地送上门来？

在不知不觉中，这样的走访和排查进行了一年，却没有什么实质性的进展。不过，也算有了小小的收获。那帮小喽啰虽然住在刘光兵的辖区内，但是他们的活动范围很广，在扬州没有他们不熟悉的角落，甚至把活动范围扩大到了周边地区。他们在江湖上的“人脉”关系非常复杂，“同行”之间常有沟通，互相知根知底，这也是他们生存所必需的。兵书上说的“知己知彼，百战不殆”，他们是学到了。要是真的引起了事端，不知道对方的来头以及“兵力”如何、“帮主”是谁，是肯定要吃大亏的。

没想到，他们在平时的游荡和闲聊中，真的得到了一条重要线索。“江湖上”传闻，在城东网吧做下那事的主儿叫“蚊子”，确实是涟水人，主要在扬州汽车西站一带活动。

西站附近有大小四五十家网吧。这里靠近扬州经济开发区，治安情况和刘光兵的辖区——广陵产业园（现为广陵经济开发区）差不多：工厂企业众多，外来务工人员集中。不管信息准确不准确，就把死马当成活马医吧，反正现在也没有什么更有价值的线索。于是，刘光兵将排查重点放在了扬州汽车西站周围。

下了班，刘光兵直奔扬州汽车西站附近，一家网吧一家网吧地巡查，希望能在这里有重大突破。

刘光兵巡查了所有的网吧，也没有发现那个“光头”或类似“光头”的人。然而，在一家名叫“豪情先锋”的网吧里，他却有了很大的收获。

进入这家网吧之后，刘光兵找到网管，向他出示了“光头”的照片，问他有没有见过这个人来上网。网管回答说，不认识这个人。就在网管回答时，刘光兵注意到，他的眼神有些飘忽不定，暴露出一种不易让人察觉的犹豫和躲闪。这里头有文章！刘光兵敏锐地察觉到，网管似乎掌握了某种隐情。正是网管的这个不经意的眼神被刘光兵在一刹那间捕捉到了，使得侦查工作取得了重大突破。

网管不肯说实话，刘光兵只好找到了网吧的老板。刘光兵将情况简单地告知了网吧老板："一年前，在城东的'HC 网吧'发生了一起恶性伤害案。一年来，运东派出所的民警一直在排查嫌疑人。你们的网管可能认识案件的主犯，希望你做做他的工作，请他配合我们做好调查。"

网吧的老板把网管叫来，耐心地说服他，晓之以理，动之以情。刘光兵趁热打铁，给他解释了相关的法律法规："你这叫知情不报。等将来案子破了，你是要与他们一起被法办的。当然，我们是一定会为举报者保密的。"

经刘光兵这么一说，网管的头上冒出了虚汗，他终于对刘光兵说出了实情。"光头"以前确实经常来这里上网，大家都叫他"蚊子"。不过，"蚊子"已经好久没来了，大约有一年的时间了。他刚才之所以露出不太正常的神情，是因为他确实知道"光头"犯了大事，在城东砍了人，这是别人告诉他的。至于是谁告诉他的，他记不清了。"光头"已经快一年没来上网了，一定是躲了出去。至于"光头"的下落，他真的不知道。

刘光兵拍了拍网管的肩，对他的配合表示赞许。

刘光兵想调看当时的上网登记册，但是一年过去了，那些登记册早就被处理掉了——网吧只能提供近一两个月的账册，没有什么价值。

刘光兵的内心深处有欣喜，也有失望。欣喜的是，这是案件侦查到目前为止最大的突破——找到了认识"蚊子"的人。失望的是，线索到这里中断了，侦查工作无法继续下去。刘光兵多么希望能从网吧里得到更多的破案线索啊！他仍不甘心，继续和网管聊了个把小时。网管对"蚊子"的情况实在是不太清楚。"蚊子"的名字，他已经记不得了，只记得"蚊子"个头不矮，不是本地人，爱喝酒，经常满身酒气地来网吧。“蚊子”喝过酒来上网，态度一般都比较蛮横，其他网客都不太待见他，更不敢冒犯他，一看到他来就躲得远远的。所以，当时网管对这个“蚊子”是不怎么欢迎的，因为只要他一来，就会有网客提前离开，这严重影响了网吧的生意。

这些描述，让刘光兵心里有了底——那样一个平时就蛮横的人有那样的凶残举动，是可想而知的。

“光头”具体是哪里人？他逃到哪里去了？他的同伙是哪里人？能不能找到他的同伙？现在关键的关键是锁定嫌犯的家在哪里，这样就不愁抓不到他了。

刘光兵一筹莫展。现在没有别的办法，只有下死功夫了。网管说“蚊子”一年前是“豪情先锋”网吧的常客，这说明他的活动范围就在扬州汽车西站附近，应该重点在这一区域内展开侦查。

除了继续一家网吧一家网吧地搜寻，刘光兵还一个企业一个企业地去拉网。刘光兵选择去企业而不是去工地，是有他的判断的。工地上人员流动性极强，一年前的工程，说不定现在早就完工了，到哪里去找当时的工人？

山重水复疑无路，柳暗花明又一村！刘光兵不辞辛苦地一个企业一个企业地走访，真的找到了一条重要线索：“蚊子”曾在仪征市J国企做过工！

这条线索让刘光兵高兴得差点儿手舞足蹈起来。国有企业的管理是很严格、很规范的，有完备的登记制度，到那里一定能查到“蚊子”的底细。

于是，刘光兵立即赶到了仪征市的J国企。

在仪征市的J国企，有些人还记得“蚊子”，他的大号叫严苏文。刘光兵查看了当时的登记资料，上面显示严苏文确实是涟水县涟城镇人，家住安东路，1985年出生。当年，严苏文的主管领导是肖××。刘光兵将事先准备好的几张长相相似的人的照片拿给他辨认，他一下子就认出了“蚊子”！

“找到了，找到了，终于找到了！”刘光兵一阵激动。将扬州获得的线索与仪征J国企工作人员的证言叠加起来，可以百分之百地肯定作案人就是严苏文。扬州方面的主要信息是：据传言，砍人者叫“蚊子”，城东“HC网吧”的监控录像中有他的头像资料；扬州“豪情先锋”网吧的网管从头像资料中认出了“光头”，他就是那个“蚊子”。“蚊子”好久没去网吧了，完全符合“作案后潜逃”的预判。这样就可以基本认定，砍人者就是“蚊子”。仪征J国企的工作人员肖××一眼就从照片上认出了“蚊子”，这进一步验证了“光头”就是“蚊子”。刘光兵他们在仪征查阅了“蚊子”的户籍资料，得知他叫严苏文。将所有的资料和证词汇总起来，完全可以得出这样的结论：砍人者就是严苏文！

准确地锁定了犯罪嫌疑人，并且把相关资料补齐了之后，刘光兵立即将严苏文“上网追逃”。他们在全国范围内撒下了一张严密的大网，嫌犯只要一露面就立刻会被绳之以法。

当然，刘光兵更希望亲手拿下严苏文。从网吧的网管那里，刘光兵获取了严苏文的QQ号。严苏文不用这个号上网也就罢了，只要他一用这个号上网，就只有束手就擒了。

严苏文作案之后，立即逃离了扬州。他认为被砍的人不认识他，他也没有在现场留下任何线索，警察肯定找不到他。后来，刘光兵笑自己花了那么多冤枉力气，吃了那么多冤枉苦才找到嫌犯。人家都说他是“神探”，其实他破案花的工夫不比别人少，怪不得他总说自己“真笨”！不过，他还是深感庆幸，正是经过了近一年的艰苦排查，才获得了几条关键性的线索。再者，因为大家都知道刘光兵正在查严苏文的案子，所以一旦有了线索，就会直接提供给他，这就使得线索的指向很明确。

此后，刘光兵加强了对严苏文的网上关注度。2009 年 9 月 15 日晚，严苏文终于在网上出现了！通过网聊，刘光兵确认对方上网的地点是江苏张家港的塘桥。从案发到现在，已经过了差不多一年了。他终于出现了，刘光兵苦苦找了他快一年了啊！刘光兵等不及了，立即带着民警樊宝仁等直奔张家港。

严苏文上网的网吧叫“阿里巴巴”。刘光兵他们一干人马来到那个网吧，将“光头”的照片递给网管辨认了一下，然后与其上网时登记的资料进行了比对，证实此人就是严苏文！网管非常配合，悄悄将严苏文在网吧里的位置指给了刘光兵他们。刘光兵和他的同事们兵分两路，迅速靠近严苏文。严苏文还没从网络游戏中缓过神来，就已经被捉拿归案了！

据严苏文交代，2008 年 10 月 1 日晚，他喝了一点儿酒。当晚十点多钟，他一个人在街上游荡，路过扬州大桥东侧的一片草地时，不知何故，从后面冲上来四个人，将他狠狠地打了一顿，打完就跑了。严苏文当时又恼又气，准备回大桥西边的暂住地找几个人来帮他出气。凑巧的是，他在大桥东侧遇上了两个同伴，于是就将被人莫名其妙地暴打的事告诉了这两个人，并对他们说：“我一个人打不过他们，你们和我一起去对付他们吧！”

他们认为打严苏文的人就在不远处，很可能就在附近的网吧里。于是他们三个人就来到了大桥东侧下坡处的一个网吧。进了网吧，他们直奔二楼，一个当子一个当子地找。当严苏文走到正在专注地上网的卢志柏后面时，感觉卢志柏就是刚才打他的人。于是，他一把揪住卢志柏的头发，责问他是不是刚才打他的那个人。这些情况，和之前卢志松叙述的差不多。

可是，就在严苏文在大桥东侧遇到两个同伴之后，两个人听了严苏文的“遭遇”，义愤填膺，立即打电话“调兵遣将”，这使得事情变得越发复杂起来。他们的“增援部队”可谓行动神速——就在严苏文他们在楼上寻找“苦主”的时候，这批“增援部队”火速赶到了网吧。而当严苏文和卢志松他们来到楼下，准备找个地儿一决高下的时候，另一批“援兵”也从扬州汽车西站附近赶到了。这批人可以说是有备而来，其中一个人手上还拿了一把五六十厘米长的砍刀。箭在弦上，一触即发!

严苏文要亲自掌刀，快意恩仇。于是，这把刀便到了严苏文的手上。严苏文的同伙将卢志松击倒在地之后，严苏文“怒从心中起，恶向胆边生”，上去就是一阵乱砍。他先是往卢志松的大腿上砍了一刀，接着又对准卢志松的右臂砍了数刀。

拿下严苏文——大功告成。然而，此时还不能算是“完胜”，因为严苏文的同伙还没有落网。刘光兵做事一向讲究完美、圆满！俗话说“擒贼先擒王，打蛇打七寸”，就是说凡事得抓关键。现在，关键人物控制住了，下面的事情就顺利多了。

严苏文犯事之后逃离了扬州，但是他的同伙还没有走，依然在扬州打工。他们以为警察要找的是“光头”，与他们无关。再说，警察只要找不到严苏文，就不会找到他们。事情都快过去一年了，他们认为警察根本就不会再理这个茬儿了。

一方面，他们低估了警察的能力和耐性；另一方面，他们也确实是法盲，以为这就是个打打闹闹的事，没什么大不了的。那天参加行动的外号叫“和尚”的顾成成，事发后就一直没离开扬州。严苏文归案后，在警方的指示下，戴罪立功，上网与同伙联系，很快就发现了正在扬州上网的“和尚”，并且得知他就在扬州汽车西站的“豪情先锋”网吧。

刘光兵命令严苏文上线，与“和尚”聊起天来。

“嘿!”

“蚊子啊，好久不见了!”

“和尚最近怎么样?”

“挺好的。你呢?”

“还好。”

“你在扬州吗?”

“是的。你呢?”

“路过扬州。喝个小酒，怎么样?”

“你……那……不要紧吧?”

“早没事了。”

“还是小心为妙。”

“这个你放心，你蚊哥什么时候……哈……失过手?”

“不过，也是，最近没什么风声了。”

“没什么大不了的!‘老警’闲得没事啊，管那些小事?”

“什么时候到的?”

“刚到。办个事，明早就走。我去找你喝一口。”

“好的。我请客，一是给你接风，二是给你压惊。”

“我请客。是我让你们受惊了。你在网吧?”

“是的。老地儿，豪情先锋。”

“你在那儿等着，我这就到。”

“好的!”

“还有其他弟兄在吗?”

“没有。都不在扬州了。”

“明白。你等我，我打车，一会儿就到。”

就这样，在“和尚”的翘首企盼中，警察来到了他的面前，给他戴上一副锃亮的手铐，将他带上了警车。

刚开始顾成成还真是“丈二的和尚——摸不着头脑”，但他一看到警察身后的“蚊子”，就一切都明白了。

拿下了顾成成，刘光兵乘胜追击，相继将其他嫌疑人一一捉拿归案。

2009年9月23日晚上八点多钟，被列为网上逃犯的关建军入住扬州“HG宾馆”。运东派出所民警刘建民、李明等从天而降，将他擒获。

2009 年 10 月 9 日，被列为网上逃犯的郭辉在扬州“豪情先锋”网吧刚一露头，就被迅速赶到的刘光兵、樊宝仁等人拿下。

至此，在扬州轰动一时的凶案犯罪嫌疑人逍遥了近一年之后，被悉数抓获归案——刘光兵他们又打了一场漂亮仗。

赶到那家建筑公司之后，他彻底傻眼了：偌大的院子里已经空无一人；大量的货物像是“人间蒸发”了，一点儿痕迹也没有留下……

## 六、人间蒸发

江湖上的骗术五花八门，骗子们会互相“复制”再进行“创新”，然后在各地广泛“上演”。最典型的就是“拾物平分”，几乎所有的城市都上演过这样的“剧情”，都有此种伎俩的受害者。所以，现在警察侦破这样的案件已经到了轻车熟路的地步。可是，2006年8月30日至31日发生在上海和扬州之间的这一场骗局，不但对受害人来说是件“新鲜事”，就是对身经百战的警察来说，也是一道新考题。

这天上午一上班，刘光兵就接到一位上海的朱老板的报案，称几个人把他的十四吨价值十多万元的聚苯乙烯塑料粒子骗到扬州，没了踪影。朱老板如同丢了身家性命，急得面如土色。

刘光兵给朱老板泡上一杯茶，递上一条毛巾，让他擦擦满头的汗，又打开空调，让他稍稍平静一下。

“不要急。你及时报警，找到我们，这就对了。我们一定尽全力想办法抓到骗子，帮你追回损失。”

刘光兵的话给了朱老板极大的安慰，使朱老板的心情有所平复。他理了理思绪，向刘光兵叙述了事情的经过。

30日上午，有几个人找到他，说要进十四吨聚苯乙烯塑料粒子，运到扬州之后立即付款。价格谈好了，合同也签好了。当天下午，货车从上海出发，送货来扬州。他本人和客户一起坐着小车押货。到达扬州时，已经是凌晨四点多钟了。货车进了扬州城东的一个工地，将货卸下之后，当时就返回了上海。因为银行还没有上班，取不到款，客户就带他去洗澡、睡觉，说是等天亮银行上班后就取款给他。奔波了一天，他太累了，洗过澡就睡了，睡得很沉。等他一觉醒来，却发现客户不见了。他赶到凌晨停货车的工地上一看，本来堆得像小山的货物也无影无踪了。他知道自己被骗了……

刘光兵听了朱老板的叙述，基本上明白了事情的来龙去脉。但这样的“情节”，他还是第一次碰到。作案者几乎没有留下任何信息：合同上的名字不会是真的；前一天到当天凌晨还打得很热闹的电话已经关机了；朱老板因为当时根本就没有存什么疑心，所以也没想到要去记住车牌号……目前最有用的线索就是嫌疑人“租用”的工地。

那时候监控系统刚刚被安装到各交通要道，刘光兵立即想到了调看监控录像。作案者从上海到扬州，必须经过扬州大桥——大桥卡口的监控录像也许会记录下什么。

那时的监控录像和现在的监控录像相比，像素很低，画面模糊，根本看不清楚。好在朱老板记得进入扬州经过大桥的时间是当天早上三点五十分左右。刘光兵根据朱老板的回忆，重点查看了这一时间段前后一刻钟的录像资料。好在这一段时间车流量不是很大。尽管如此，他还是得把几十分钟的监控资料翻来覆去地看，颠来倒去地查，直看得头晕目眩。刘光兵告诉自己，“战斗”才刚刚开始，一定要做好打“硬仗”的准备。

朱老板一点一点地回忆，终于回忆起，作案者是驾驶着一辆银灰色小轿车带他到扬州的。刘光兵瞪大了本来并不大的眼睛，盯着屏幕，寻找银灰色的小轿车。前面说过，由于像素的原因，所有的车辆留下的都是移动的色块，看不清具体的形状。而根据常识，银灰色和白色在灯光的反射下是一种亮色，根本无法分清。三点半左右，屏幕上出现了十多个移动的白色亮块，如果朱老板没记错时间的话，他坐的那辆车应该就是这十多个移动的亮块中的一个，而刘光兵为了捕捉这些移动的亮块，花费了整整一天的时间。

刘光兵把能做的都做了，但在屏幕上看到的只能是亮块，根本看不清车子的具体颜色。白色、乳白色、浅灰色、浅黄色、银灰色……在屏幕上看起来都差不多，更不要说看清车牌号了。

怎么办？

一直待在派出所里的朱老板焦急万分。从早上到现在，他就没有停止过冒汗。这边，刘光兵的心情也很焦急——查出这辆车子的车牌号是当务之急。破案的黄金时间是案发后四十八小时，过了这个黄金时间段，嫌疑人就有可能会销毁赃物以及一些犯罪痕迹，并且会逃跑或藏匿起来。这样一来，侦查的难度就会大大增加，受害人的损失也会大大增加。一定要在最短的时间内掌握线索、获取证据！

刘光兵了解到，省公安厅有一套先进设备，具有很高的分辨率，可以对模糊的录像资料进行认读。于是，第二天一大早他就带着监控资料赶到省厅，在技术人员的帮助下对录像进行了仔细认读。

很快，录像上的十多辆轿车的颜色被分辨出来了，有浅灰色的，有乳白色的，有鹅黄色的……最终锁定了一辆银灰色的轿车，因为这辆轿车通过扬州大桥的时间最接近凌晨三点三十分。当然，朱老板是最有发言权的。在场的朱老板经过反复辨认，确定这就是载着他来扬州的那辆车。

确定了车辆，再查车牌号。这个工作相当艰苦，需要用到当时最先进的数码技术。不过，这在省厅的专家们眼里并不是什么难题。很快，小轿车的车牌号就显示出来了。这是一辆扬州的轿车，车牌号为“苏 KAXX08”，车主是安徽天长人。天长离扬州不远，几十年前曾经是扬州地区的一个县。由于历史上的渊源，现在有不少天长人生活、工作在扬州。

车主应该掌握了不少嫌疑人的情况，必须迅速找到他。退一步说，如果车主是同案犯，那么这也是一个很好的突破口。车主居住在扬州老虎山路，姓董。警方找到了他，并让他将事情的前后经过交代出来。经过反复核实，确认车主与嫌疑人之间没有合作，仅仅是嫌疑人雇用了车主的车。嫌疑人先从扬州去上海找一个老板谈了一笔生意，然后把这几个人拉回了扬州，到一个门朝东的大院子里停了片刻，又把这几个人拉到了城北的一家洗浴中心。之后，他又去了一次那个大院，这次只接了一个人。后来，他拿了车费，就回家了。

“坐你车的是哪里人?”

“他们说是盐城人，我听口音也像是。”

这个司机有嫌疑人留下的电话号码，可是现在拨打，已经关机了。

努力了好几个小时才得到的线索，就这样中断了。已经快到中午了，朱老板着急，刘光兵更急。侦破案件就如同现在的年轻人在电脑上玩游戏，过了一关，甚是兴奋，可是遭遇到阻力，会更有向前冲的劲头。当然，摆在刘光兵面前的毕竟不是游戏闯关，而是真正的考验。

这批货绝不会真的不翼而飞的，一定是有人用卡车之类的运输工具将货物运走了。

于是，刘光兵再次询问姓董的司机。

“你在那个大院里看到了什么?”

“看到一辆大卡车，上面装满了编织袋，不知里面装的是什么。”

“你还记得车牌号吗？”

“我一共去过大院两次，都是去接人。我两次都看到了大货车，但第一次看到的好像和第二次看到的不是同一辆车。第二次去的时候，正好看到大货车往外开。车牌号好像是‘苏 K105XX’。”

“你确认没记错吗？”

“我当时没有特意去记，可能不一定准确。”

也就是说，这位姓董的司机是看到那批货被运走的，至于他提供的车牌号，却不一定准确。不管怎么样，就按这个车牌号去找那辆车。实在不行，就去找车牌号与之类似的车。

经过查询，“苏 K105XX”是扬州一家物流公司的货车。于是，刘光兵马不停蹄地来到这家物流公司，找到了负责人，将情况说明之后，希望给予积极配合。

负责人姓梁，说他们公司确实派车送货去上海了。司机姓王，前一天下午去蒋王镇装了一批玩具——这批货是发往上海的。梁老板要他不要装满，说晚上还要装十四吨塑料粒子（实际上，因为董安民的卡车在路上耽搁了时间，到扬州时已是凌晨四点钟左右了，所以王姓司机是早上装好塑料粒子去上海的）。

十四吨塑料粒子……去上海……早上运去上海的……把这些情况综合起来，刘光兵断定，就是这辆卡车！那位姓董的司机没记错！

必须联系上货车驾驶员，但这很有可能会打草惊蛇，因为嫌疑人肯定就在车上，此时他们一定有十二分的警觉。通话中稍有不当，嫌疑人就会嗅出什么来，然后逃之夭夭，好不容易得来的线索就会中断。但是，到目前为止，联系上驾驶员是唯一的办法。这个电话只能由物流公司的老板打。

老板此时也有些紧张——一般情况下，警察上门了，总会让人产生一些紧张情绪，更何况这又涉及一桩诈骗案。刘光兵让老板稍微平静下来，然后如此这般地作了交代，让他与驾驶员联系。

梁老板定了定神，然后拨打了王姓驾驶员的手机。关机！这是怎么回事？刘光兵让他再打，还是关机！和王姓驾驶员一起去上海的也是该物流公司的员工，姓程。梁老板拨打程姓员工的手机，也是关机。见了鬼了，这是从来没有过的现象——他曾反复告诫他的员工，外出时要保持通信畅通，要让公司随时联系得上。这两个人今天是怎么了？

一个人关机，也许是手机没电了，可两个人同时关机，会不会是出了什么乱子？梁老板急得满头大汗！

这个时候，刘光兵心里就有数了。两个人同时关机，恰恰说明这里头有问题——租用这辆车牌号为“苏 K105XX”的卡车的人就是嫌犯。一定是车上的嫌犯从中做了手脚。嫌犯有可能是担心警察通过两名驾驶员找到自己，所以命令他们关了手机。刘光兵安慰梁老板，让他不要紧张，说司机不会出什么问题的，他们关机与骗子有关。

这样的异常情况也给刘光兵带来了信心：这两名司机一定能够提供有价值的线索。现在就是要想方设法联系上这两名司机。

整个上午，梁老板都在不停地拨打两名司机的电话，直到下午两点半左右才终于拨通了王姓司机的电话！梁老板按照刘光兵的指点，在电话里聊的都是家常，比如早上是几点出发的，现在到哪里了，路上好不好走，什么时候返回，下午还有任务……听得出，司机那边根本没有意识到发生了什么情况，一问一答，稀松平常。

突然，老板改变了话题和语气：“你不要说话，也不要慌张，听我说。你旁边有人吗？说话方便吗？我要和你说件重要的事情。”

王姓司机是个机灵的小伙子，不动声色地握着手机，故意放大声音："好的，我尽量快点儿回来。"他绕着卡车边走边说话，装着不经意地观察着身边的情况，发现跟车送货来的三个人中，有两个不知到哪里去了，还有一个人正倚着远处的围墙打盹儿。

他在电话里对自己公司的老板说："没事。"

老板将电话递给了刘光兵。

"我是警察。你现在在什么地方？正在干什么？车上的货卸下来了没有？"

"我现在在上海浦东区××路的××厂里，工人正在卸货，快卸一半了。"

"我告诉你，这伙人有情况，你装运的这批塑料粒子有问题，可能涉及犯罪。你一定要装成没事的样子，想办法拖延他们卸货的时间。"

挂上电话之后，刘光兵立即与上海警方取得了联系，请上海警方协助捉拿嫌犯。

神兵从天降！正在现场的董安民做梦也不会想到，警察会这么快地出现在他面前，将他捉拿归案。

当时，董安民正在现场监督卸货，其他人和买家一起去银行取货款了。警方稳住董安民，然后直奔银行，将那几个正在得意扬扬地做着发财梦的嫌犯一举拿下。

至此，一桩发生在上海和扬州之间的诈骗案不到十二个小时就告破了，"神探刘光兵"的大名也从扬州传到了上海。

这是一起有组织、有分工、有预谋的诈骗案，犯罪分子的"作战计划书"可谓完备、周详、严谨。

牛肖林和祝镇海是老乡，都是江苏阜宁人。两个人都没有什么文化，仅仅是小学毕业，也没有什么技能，带着老婆在上海打工，孩子放在老家读书。眼看着快四十岁的人了，他们也没混出个名堂——靠打工的收入，大富大贵是不可能的。但他们又想发大财，怎么办？两个人一碰头，决定开个皮包公司，说白了就是“空手套白狼”。

怎么骗呢？这两个人虽然文化程度不高，但警惕性却很高。他们自然知道诈骗是违法的事，被抓住了是要“蹲号子”的，但发财梦在他们的大脑里不断膨胀，让他们的胆子越来越大。他们想，只要计划得周密，就不会有问题。

开始的时候，他们想在五金行业中进行诈骗，但因为对这一行不太熟悉，未能成功。此前，牛肖林曾经做过塑料粒子的生意，对粒子的行情、质量、销售渠道等并不陌生——就从塑料粒子下手吧！二人主意已定，便开始动手了。

不能去大企业骗，因为大企业制度严、漏洞少，不容易钻空子。最好选择个体老板下手，因为这样的企业老板一个人说了算，不需要经过供销、财务、仓储等多个环节。诈骗这事儿，环节越少越好，时间越短越好，动作越快越好。

经过一段时间的踩点，牛肖林瞄上了上海正平路泡沫加工厂的朱老板。朱老板全名朱从伍，安徽肥西人，在上海办了个规模不大的塑料粒子厂，算得上个体小业主吧。厂里也就十来个工人，生产、经营都归他一个人管。

这样的厂子，在牛肖林他们看来是最好的下手目标。那么，骗多少呢？太多了，厂里生产不出来；骗少了，不过瘾，“效益”和“规模”都不理想。他们通过外围打探，对厂子的生产能力有了大致的了解。朱老板的厂子里正好积压着十多吨货，因为销路问题一直没能出手，朱老板正着急上火呢。

牛肖林以前和朱老板打过交道，比较熟悉，不便于出面，所以只好安排“周老板（董安民）”出场了。董安民也是江苏阜宁人，大家都是老乡，在上海滩上早就混熟了。这个 1964 年出生的中年人，头脑灵活，能说会道，长得颇有富贵相，正如小品中说的“脑袋大，脖子粗，不是大款就是伙夫”。这个没有什么文化也没有什么实力的董安民被他们设计成了老板，对外称“周老板”。2006年8月26日，“周老板”找到了朱老板，说自己是从扬州来的，要进一批货。至于他们为什么要把货骗到扬州，这具有很大的随意性。当然，这地方离上海不能太远，太远了时间和战线会拉得很长，中间会生出一些枝节来；太近了也不行，周旋的时间少、余地小，不便于“操作”。所以他们就选定了一个距离上海不近又不远的地儿——扬州。他们当时还不知道扬州有个“神探”，更不知道他们最终落脚的地方就在这个“神探”的地盘上。他们要是知道这些，也许当初就不会选择扬州了——这是后话。

董安民来到上海普陀区正平路的上海正平塑料泡沫加工厂，找到了朱老板。董安民此时的身份是上海正鸣塑管业有限公司（一个子虚乌有的公司）的“周老板”，提出要十四吨货，送到目的地再付款，过几天来拉货。为了取得朱老板的信任，“周老板”还带来了一份正式合同。朱老板见一下子来了一份这么大的订单，心里美极了，立即把董安民留下来喝酒。

货送到扬州之后，放在哪里呢？十四吨粒子，每袋二十五斤，总共五百多袋呢，得腾出挺大一块地方来存放。

到扬州去看看，找个地儿！这个地儿不能位于闹市区，因为闹市区人多眼杂，不安全。但是，一定要正规一点儿，到时候得让上海的朱老板跟着车来——要让他放心。

当然，这事还是要由“周老板（董安民）”来完成。因为最终是“周老板”陪上海的朱从伍老板押货来扬州，所以“周老板”必须对扬州的情况十分熟悉，同时也要让扬州这边的人对他十分熟悉，这样到时候才不至于露馅儿。“周老板”虽然不是此次行动的总策划，但是他能起到举足轻重的作用，有很多事都要他“亲自”去办。这不，“周老板”要前往扬州寻找自己的“公司”。这公司当然不是他们的，但在他们的行动中是一个重要的中转站。如果把他们的计划称为“调虎离山”的话，那么这个公司就是他们的“山”，上海的朱老板就要从这座“山”上被调走。

按照以上的原则，“周老板”在扬州转悠了半天，终于在大桥副食品城附近相中了一个建筑安装公司的大院。大院位于扬州城东较为偏僻的地方，不易引人注意，并且能够堆放十四吨塑料粒子。另外，这里是从上海到扬州的入口处，比其他任何地方进出都要方便，并且可以避开城区的若干监控。

对，就租这块地了！租场地要和老板谈，但他们不是做正经生意的，和老板谈不起来。老板肯定要问一些问题，问来问去，他们难免会露出马脚。不过，这点儿小事倒也难不倒足智多谋的“周老板”和他的“团队”。

“周老板”选择在26日晚上敲开了建筑公司传达室的门。看门的是个年近六十的男子，姓戴。老戴自然不认识面前的“周老板”，但是不要紧，“周老板”一身名牌，气派非凡，后面还跟着一个喽啰，满脸堆笑地递上一支“软中华”，老戴自然是热情相待。“周老板”立即说明了来意，说白天和公司×老板谈好了，想租这个场地用一下，还说这个时候来打扰，很不好意思，主要是来看一下场地，另外打个招呼：用大卡车运货，白天路上不太好走，可能要晚上到，到时候麻烦他开一下门。老戴见是和老板谈好的事，再加上眼前的“周老板”很是客气，也就没多问，让对方尽管放心，随便什么时候到，他都会打开大门的。

这边谈好了场地，那边也已经“订”好了货，可谓“万事俱备，只欠东风”了。

谈好了场地之后，“周老板（董安民）”便火速赶到上海，准备29日晚上的行动。

这里又涉及另一个重要环节——给货物找下家。因为牛肖林对塑料粒子这一行比较熟悉，所以他很快便在上海浦东找到了一个和朱老板的厂子规模差不多的塑料制品厂，老板姓陶。牛肖林以“牵线人”的角色出现在陶老板的厂里，说是“周老板”有一批粒子要出手，价格不高，五千九百元一吨，本来自己想“吃”下的，可是对方要现金，最近手头有点儿紧，暂时拿不出这么多资金来，想看看陶老板能不能把这批货拿下。陶老板的厂子正满负荷地生产着，买下这点儿粒子不是问题，况且比市场价低得多，他一下子就动心了，再加上面前的老板说得很诚恳，他便丝毫没有怀疑。不过有一点他得说清楚：货到之后，得验完货再付款。牛肖林说，没问题。最后，他把“周老板”也叫来了，几个人在酒桌上喝得耳酣面热。分手时，牛肖林握着陶老板的手，再一次强调：“货品肯定没有问题，到时候你尽管验货。不过，要准备好现金啊，周老板要不是急等着用钱，是不会以这么低的价格出手的。”

这样，货源、场地、买家都落实了，行动就可以开始了。

当然，这里还有好多细节要进行研究：货什么时候从上海发出最合适？如果是货到付款，那么朱老板肯定是要跟车到扬州的——到了扬州之后如何摆脱朱老板？摆脱了朱老板之后又如何迅速将货物转移？这些，他们都有了安排。

一定要在晚上从上海出发，因为晚上警察少，可以减少不必要的麻烦。另外，到达扬州的时间一定要在深夜，因为那时人们往往会困倦难忍，迷迷糊糊地提不起神来，容易麻痹大意。再则，深夜或凌晨到达扬州时，银行还没有上班，无法取款，这样他们就有足够的时间来摆脱朱老板了。

2006 年 8 月 30 日白天，吴风平、牛肖林、祝镇海等人乘坐大客车来到扬州，等待“周老板”、朱从伍和那批货。晚上九点钟，“周老板”租来的一辆车牌号为“蒙 B192XX”的卡车上装满了上海正平路泡沫加工厂的塑料粒子，共计十四吨。卡车从上海出发，运费是一千五百元。老板朱从伍亲自押车，车上还有

“周老板”（即董安民）。按照他们的计划，最迟凌晨一点赶到扬州，然后在天亮之前返回上海。

没想到这一路并不是很顺利，路上车子出了点儿小问题，折腾了两三个小时，将近凌晨四点钟才到达扬州。

到达扬州之后，“周老板”直接将卡车引到了大桥食品城附近那家建筑安装公司的门口，叫醒了看门人老戴。老戴见是“周老板”来了，非常热情地打开了门，放卡车进了院。

卡车进了大院，“周老板”拿出手机看了看时间——四点十五分。他很“无奈”地对朱老板说：“现在银行还没有开门，要等天亮才能取到钱。”

朱老板见“周老板”和看门人如此熟络，又亲眼看到自己的货被运进了大院，便没有怀疑，很爽快地答道：“行，就等到天亮吧。”

“时间不早了，咱们都累了，先找个地方休息一下吧。”

“好的。”

“这个时候去宾馆不太划算，就到洗浴中心将就一下吧，洗个澡，眯一会儿。”于是，朱老板就跟着“周老板”上了一辆小轿车。扬州城的洗浴业非常发达，洗浴中心遍地开花，走上三五分钟就可以找到一家。但是，“周老板”怎么会这么傻呢？既然要调虎离山，就一定要调离得远远的。“周老板”让司机将车开到位于城北的史可法路上的一家休闲中心，冲了个澡，躺下时差不多是早上五点钟了。一夜没睡的朱老板，在包厢里躺下没几分钟就鼾声如雷了。“周老板”就躺在朱老板的旁边——人在身边，货在大院里，有什么不放心的呢？

其实，就在朱老板他们到来之前，先期赶到扬州的祝镇海、牛肖林、吴风平等一干人早就准备好了。他们租了一辆扬州牌照的大卡车，就是那辆车牌号为“苏 K105XX”的货车，在一旁“待命”。这边“周老板”带着朱老板前脚刚走，那边牛肖林等人就让司机把卡车开进了建筑公司的大院。提前雇来的五六个人不明就里，只知道帮着搬货，每人五十元的工钱。大约一二十分钟的样子，十四吨货物就被他们从内蒙古牌照的卡车上搬到了扬州牌照的卡车上。他们把运费给了内蒙古牌照的卡车司机，打发他走了。接着，扬州的这辆车牌号为“苏 K105XX”的卡车满载着塑料粒子直奔上海浦东。

那么，卡车在大院里装货的时候，牛肖林在干什么呢？他在院子里等候。一旦货物从内蒙古牌照的卡车上向扬州牌照的卡车上转移成功，他们就会来接他。他们租用了一辆扬州的小轿车，把董安民和上海的朱老板送到洗浴中心之后，又来大院里接上牛肖林，再去洗浴中心带上董安民，丢下上海的朱老板一个人在洗浴中心做美梦。这样，整个行动就基本上大功告成了。

上海的朱老板确实太累了，一躺下就睡着了。而他旁边的“周老板”可是一刻也不敢打盹儿，他要准备随时脱身，要是睡着了，可就误了大事了。早上六点五十分左右，车牌号为“苏 K105XX”的卡车就从扬州出发了，由牛肖林、吴风平押车。

祝镇海给董安民发了个短信，要他赶快脱身，说接他的小轿车马上就到。

就是这么一个很小的环节，也不能出差错。董安民正陪着朱老板躺在洗浴中心呢，如果早早地接上他，万一朱老板醒来见不到人了，一定会觉得不妙，会立即追过来截住这伙人的。可是，如果接得太迟了，万一朱老板那时已经醒了，董安民就无法脱身了。所以，时间的节点必须把握得丝毫不差。货物很快就被他们从内蒙古的货车上移到了扬州的卡车上。然后，祝镇海向董安民发出指令：出发。和衣而躺的董安民看了看旁边的朱老板，发现朱老板睡得正沉。董安民蹑手蹑脚地走出洗浴中心的包厢，来到楼下，直奔牛肖林的小轿车。两人相视一笑：事情成了。他们叫司机赶紧开车往江都方向驶去。

就在他们将董安民和上海的朱老板送到洗浴中心之后，又来接祝镇海的时候，姓董的小轿车司机记住了从大院里开出的大货车的车牌号——“苏 K105XX”，给破案提供了极其宝贵的线索。他接上了董安民，把董安民和祝镇海一起送到了江都汽车站。刘光兵分析，他们一定是准备在江都乘长途客车去上海。

朱老板这一觉睡的时间并不长——毕竟有事在身，早上七点刚过就醒了。他睁开眼睛，发现“周老板”不见了。不妙！他打了个激灵，一下子就彻底醒了。他草草地穿上衣服，到吧台问了一下。吧台的人告诉他，和他一个包厢的人已经结完账走了。这下他可真的觉得不妙了，打“周老板”的手机——关机。他的第一反应就是要打车赶到那个建筑公司的大院去看看。好在当时他留了个心眼儿，记住了那家公司的名字。

赶到那家建筑公司之后，他彻底傻眼了：偌大的院子里已经空无一人；大量的货物像是“人间蒸发”了，一点儿痕迹也没有留下。他问看门的老戴，老戴说他们拉着货一大早就走了，也没说去哪儿。朱老板问老戴能不能联系上他们，老戴说：“他们是找我们公司老板租的场地，我和他们不熟，没有他们的电话。”

上当了，受骗了！朱老板万万没有想到，自己亲自跟车来到扬州，最后还是把一车货给跟丢了。这个从安徽农村来上海打拼的中年人，燕子衔泥般地苦心经营，好不容易才有了一份不大的产业，现在却被掏了一个大窟窿。一时间，他如同丢了身家性命，陷入了绝望的境地，急火攻心，虚汗直冒。

朱老板擦了一把汗——目前唯一的办法就是报警。

这就引出了“神探”刘光兵的另一段传奇故事。

再说货车上午十点四十分左右开到了上海，一直开到上海浦东区的 W 塑料制品有限公司院内。公司老板姓陶，也就是前文所说的“买家”。这边正在卸货，只留下“周老板（董安民）”一个人在现场，那边祝镇海、牛肖林等人和陶老板一起去银行取钱了。一旦货卸完了，钱到手了，这笔“生意”就大功告成了。董安民特地吩咐货车上的两位司机，卸货时把手机关了。王姓司机和程姓司机觉得这个要求怪怪的，但是没说什么——他们根本不会想到这是一群骗子。他们听从了“周老板”的吩咐，把手机关了，心想，反正卸货的时间不会太长，耽误不了什么事。

下午两点多钟的时候，货快要卸完了。王姓司机想了想，还是得把手机打开。公司一再要求出门要让通信保持畅通，如果他不遵守规定，回去是要挨批的，还要扣奖金。另外，车上还有一批玩具要送，他怕公司里的梁老板不放心，必须与梁老板随时保持联系。于是，他便悄悄打开了手机。手机一打开，梁老板的电话就打进来了，紧接着是刘光兵和他通话。不到一刻钟，上海的警察就赶到了。

现在让我们来了解一下参与此次“行动”的几个人的情况：

祝镇海：江苏阜宁人，1961 年出生，在上海做塑料泡沫生意。他是此案的主要策划人之一。

牛肖林：江苏阜宁人，1971 年出生。他是此案的另一个主要策划人。

董安民：江苏阜宁人，1964 年出生，无固定职业。他在行动中扮演“周老板”的角色。

吴风平：江苏阜宁人，1960 年出生，在上海打工。他是此案的主要策划人之一。

此次“行动”的发起人和策划人是牛肖林和祝镇海。参与“行动”的几个人都是老乡，在上海经常在一起吃吃喝喝，联系十分密切，所以当牛肖林和祝镇海制订诈骗的计划时，几个人一拍即合。

在“行动”中，牛肖林主要负责物色货物的上家和下家，即货物的来路和去处。董安民主要负责与上家和下家做买卖。祝镇海和吴风平主要负责在扬州的接应。这样，他们分工明确、滴水不漏，行动起来有条不紊。

事前，牛肖林买了三张不记名的电话卡，给了祝镇海一张，给了董安民一张，他自己留了一张。这三张电话卡主要用于和上海的朱老板、扬州的小轿车司机和卡车司机进行联系。他们把货物骗回上海后，立即把这三张电话卡扔掉了，所以上海的朱老板发现“周老板”失踪了，打他的电话，却怎么也打不通了。刘光兵找到小轿车司机董××后，董××也没法联系上他们。他们以为这样就可以“人间蒸发”了，警察和受害者就都找不到他们了，哪知这无异于掩耳盗铃。这种小伎俩在“神探”刘光兵面前，简直是小儿科——不到二十四小时，几个骗子就已坐在派出所的讯问室里交代问题了。

老刘正准备打“110”报警，可手机还没摸到，一个黑影便遮住了窗子，声音低沉地威胁道：“老东西，给我老实待着！动一下，就铲死你！”……

# 七、黑夜魅影

## （一）暗夜里的黑手

2009年8月28日晚，扬州市广陵产业园Y公司传达室的老刘吹着电扇看了一会儿电视，瞌睡劲儿上来了，便爬上床，掖好蚊帐睡觉了。夜里，他睡得正酣，迷迷糊糊地听到一阵咔嚓咔嚓的声音。老刘一激灵，醒了。他揉了揉眼睛，侧耳细听——声音还有，很响，很尖锐，似乎离得很近，好像就在公司的大门口。老刘感觉不妙，下意识地伸手准备开灯，突然觉得不妥，又将手缩回，轻轻坐起，拉开帐门，脚到床下够到棉拖鞋，蹑手蹑脚地到窗口观察。

窗是开着的，老刘一眼便看到几个黑影正在公司门口转悠。转眼间咔嚓声结束了，伸缩门被一个黑乎乎的人影哗啦哗啦地推开了。

天哪，这是一帮盗匪，他们要偷东西！

老刘正准备打“110”报警，可手机还没摸到，一个黑影便遮住了窗子，声音低沉地威胁道：“老东西，给我老实待着！动一下，就铲死你!”

随即，两个又长又大的黑影从窗户跃入，三下五除二把老刘捆起来，嘴巴贴上胶带。老刘不得不乖巧听话，但两眼仍可以越过窗户盯向公司门口。

黑影进到里面，不一会儿，一个个出来，肩上扛着又长又大的笨家伙。是氧气瓶！这帮家伙是来偷氧气瓶的！到这时老刘才发现，离厂门不远处停着一辆车，黑乎乎的一团。几个黑影都有把子力气——抬着那么重的钢瓶，一步也不停顿，迅速地装上了车。老刘数了一下，黑影来来去去，一共奔走了四五趟，他们好像一共是四个人。

一刻钟后，黑影不见了。车子被轰的一声发动起来，车灯闪了两闪，消失在夜幕中。

## （二）寻找老虎的踪迹

案发当日，刘光兵按照每天的工作习惯，一大早便来到派出所，准备将昨晚开始做的一起抢劫杀人案的 PPT 文件做完。刘光兵近年来养成了一个很好的习惯，那就是每个案件侦破之后，都将整个过程梳理一下，做成 PPT 文件。这样的话，一来可以对整个案件的侦破过程做一下回顾，总结经验教训，二来可以给自己的助手及下属提供学习与借鉴的生动教材。2009 年，刘光兵被提升为副所长，肩上的任务更重了。长期的破案经验使刘光兵深切地感受到，现实生活中发生在我们身边的案件往往是千变万化、错综复杂的，要想侦破它们，必须要有灵活多样的方式方法、深入细致的分析研究和足智多谋的战略决策。因此，归纳总结案件的经验教训，是一件意义非凡且具有实效的事。

这天早上，刘光兵走进扬州市广陵区运东派出所的大门，踏上通往二楼办公室的楼梯，正准备抓紧去做前一天晚上没做完的活儿，却突然接到了一个报警电话……

前一天夜里，扬州市广陵产业园Y公司发生了被盗案件，被盗氧气瓶十五只、乙炔瓶十一只、电焊机四台。传达室的人遭犯罪分子捆绑，嘴上封了胶带。涉案金额五万余元。

刘光兵得到报警后，立刻打开电脑进入了公安内网。当他输入关键词“偷盗钢瓶”之后，立刻搜出了一串发生在周边县（市）的钢瓶被盗案件：

7月14日晚十一时许，江都某玻璃制品有限公司，犯罪分子撬门入室，盗走车间内氧气瓶十九只、氧气瓶仪表六只，价值人民币一万余元。

7月18日零时许，位于扬州市北郊方巷的某建筑机械厂，犯罪分子撬锁进入，盗走氧气瓶十六只、乙炔瓶四只、电焊机六台、气表十二只，价值人民币三万余元。

7月21日零时至三时，邗江瓜洲某钣金厂，犯罪分子撬开防盗窗，越窗入室，盗走氧气瓶十只、乙炔瓶七只、氩气瓶七只，价值人民币三万余元。

8月3日晚十二时，仪征某船舶钢配件有限公司，犯罪分子剪断大门链闯入，盗走氧气瓶十九只、电焊机七台，价值人民币四万余元。

……

钢瓶不是钱包，也不是手机、笔记本电脑、摄像机等小型电器，而是高度至少在一米五左右、直径在四十厘米上下的大物件，因此犯罪分子在进行盗窃时，一定要有交通工具，且必须是两人以上作案。根据长期以来的侦破工作经验，刘光兵估计这接二连三发生的钢瓶被盗案有可能是同一伙犯罪分子所为。盗窃频率如此之高，不到一个星期就有一次，可见他们的气焰之嚣张，简直是猖狂到了极点。

接警后，刘光兵立刻行动，带了一名侦查员赶往现场。

Y 公司门口聚了一堆人。老板见警车来了，立刻愤愤地迎上来反映情况。公司的大门是电动的，门角处有几股红的、黄的电线拖在地上——犯罪分子是用电工钳剪断电缆线之后将门打开的。传达室的老刘用手摸着脖子说："这帮天杀的！他们把我绑起来，用绳子在我的脖子上勒过来，又勒过去。你看，你看，还有印子呢，疼死我了！一帮强盗！活土匪！"

刘光兵问："当时大约几点？"

"我也搞不太清楚。他们走后，我看了一下表，大概是两点半多吧。"

"几个人？"

"好像是四个。"

"长什么样儿？"

"都黑乎乎的，很壮实。"

"没看清他们的脸？"

"看不清——没有灯，又不好开，只看到他们的'鬼影子'。"

"讲话的口音？"

"他们就冲我吼了一嗓子：'动一下，就铲死你！'没听清是什么口音。"

"车停在什么地方？"

"那边。"

"几辆？"

"黑乎乎的一团，看不清。"

"是卡车吗？"

"不晓得。天太黑，看不清，只看见一团黑影。后来车子发动了，灯闪了一下，呼地一下就跑远了。"

刘光兵看了一下被盗钢瓶的车间，现场没留下任何痕迹。接着，他又寻找大门口的监控设备，老板说没有安装。刘光兵责问："怎么能不装监控设备？他们白天踩点，就是看到你这里没有监控设备才下手的。有了这次的教训，你还会舍不得花钱装监控设备吗?"他嘴里说着话，脑子里却在思考来这里的行车路线。刘光兵对自己的辖区以及整个扬州市，乃至全省的交通网络都了如指掌。刘光兵觉得，做刑侦工作，熟悉侦查范围内的道路交通状况是十分重要的。犯罪嫌疑人驾车逃跑，行进在哪个路段、前面有几个岔路口、这些岔路口分别通往哪些乡镇……如果不了然于心，就不能作出准确的判断。但是，由于厂门口没有监控设备，刘光兵只好把思路放宽了。从这里驾车逃跑，出了广陵产业园之后，只有两条岔路：一条奔东南，一条向北，犯罪分子必走其一。他们虽未在现场留下痕迹，但沿途只要有探头，总会摄下他们的身影。于是，刘光兵立即开始行动。他注意到了离 Y 公司最近的两个路口的监控设备：一个是刘光兵所在的运东派出所安置在丁字桥路口的监控设备，另一个是坐落于路边的 H 制衣有限公司的监控设备。刘光兵立刻与该制衣公司取得联系，并亲自过去，从厂方的后台电脑上将前一天晚上的监控录像拷贝了下来。正值酷暑天气，刘光兵就这么东奔西走了一上午，制服湿了干、干了又湿。他回到所里时，大家都已经吃过午饭了。食堂的师傅给他热了饭菜。刘光兵盛了一碗饭，夹了两筷子菜，便立刻坐到电脑前，调出离 Y 公司最近的丁字桥路口的监控影像，一边大口大口地往嘴里扒饭，一边看了起来。

犯罪分子自作聪明，以为选择了最好的时间和最佳的地点，不会留下任何痕迹，但是"人过留影，雁过留声"，既然从这里经过，就难逃监控设备的跟踪。监控探头就像是一双双"天眼"，悄无声息地盯着每一个人，监视着他们的一言一行、一举一动，充分体现了现代科技给刑侦工作带来的便利。

道理很简单，但要真正利用好监控录像，却并非易事。一段监控录像往往要播放几个小时，甚至十几个小时，这当中鱼龙混杂、泥沙俱下，仅凭一双肉眼长时间地面对电脑屏幕，是很难经过比对、研判和筛选得出有价值的信息的，这时便需要耐心、细致、敏锐和毅力，要坐得住冷板凳。

刘光兵一边吃饭，一边看监控录像，这顿饭竟然吃了一个多小时。

根据被盗钢瓶的数量及体积，刘光兵经过分析认为，犯罪分子所使用的交通工具即便不是卡车，至少也是面包车之类。但是，一次盗窃二十多只钢瓶，再加上电焊机，一辆面包车应该是装不下的。那么，他们到底使用的是什么车呢？要想找出答案，就只能求助于监控图像了。

当天下午，刘光兵把精力全部用在了对监控录像的分析上。到了下班的时候，同事们见他还坐在电脑前一动不动，便提醒他该歇歇了，可他却说要再看一会儿。说是再看一会儿，竟一下子看到了晚上十一点多钟。食堂的师傅心疼他，给他热了饭菜摆到桌上。他跟中午一样，眼睛一直盯着屏幕，三扒两咽了事。

丁字桥路口的监控录像看完了。在案发的时间段，总共有七辆卡车从这里经过，但车上装的均非钢瓶。经过这里的除了卡车以外，就是大量的轿车，没有一辆面包车。可见，犯罪分子的车辆没有从丁字桥经过。

看来，需要调看一下H制衣公司门口的监控录像。

直到次日晚上，艰苦的劳动终于有了结果，他从监控录像中发现了一辆可疑的面包车，车体是银灰色的。据传达室的老刘说，面包车离开Y公司的时间为凌晨两点半，而从Y公司行至H制衣公司大约需要三分钟左右的时间，因此面包车经过H制衣公司门口的时间应该在凌晨两点四十分左右。这辆面包车从这里经过的时间正好与案发时间相符！在案发的时间段，有几辆卡车从此处经过，但车厢里装的都是其他货物，而小型轿车又无法装载钢瓶，所以这辆面包车的嫌疑最大。只可惜监控录像不够清晰，无法识别车牌号。

这是一个重要发现，刘光兵对此十分满意。

可是没有车牌号，如何顺藤摸瓜呢？

为了解决这个问题，刘光兵沿 H 制衣公司门前的道路往前找，调阅了后面三个岔路口的监控资料。

这三个岔路口分别是：城东二号路口、城东五号路口、扬州大桥路口。

面包车是两点四十分行至 H 制衣公司门口的，由此可以推算出到达上述三个岔路口的大致时间。因此，通过认真分析这三个岔路口的监控资料，是有可能弄清面包车的情况的。

思路清晰了，就立刻行动。经过一天半的奋战，刘光兵从大量的图像资料中发现，在此时间段内，只有一辆面包车从扬州大桥卡口经过。于是，他便围绕这辆面包车展开了进一步调查。他调集了许多与此相关的图像资料，最后终于有了新的重大发现：这辆银灰色面包车是“五菱之光”牌的，与 H 制衣公司门口的监控设备中显示的图像是一致的，车牌号为“苏 KAXX88”。

老虎的尾巴终于被揪住了！

刘光兵无比欣喜。可是，当目光离开电脑屏幕时，他突然感到有些眩晕。他问旁边的助手：“现在是什么时间？”助手告诉他，现在是晚上八点多钟，他却有些不相信。他太累了，脑子里装的全都是这个案子，这两个晚上睡觉的时间加起来不超过八个小时。上卫生间的时候，他突然发现自己腰疼得厉害。长时间坐在电脑前，保持一种姿势，他的脖子已变得十分僵硬，此刻已不听使唤了。他晃了晃脑袋，站起来，走到空调前长长地舒了一口气，然后咕咚咕咚地喝了一大杯凉开水。

直到这时刘光兵才发现，自己已经两天没有回家了。他想到女儿学习负担很重，每天早出晚归，妻子又生病在家，不由得一阵难过，迫不及待地拨通了家里的电话。

“爸，你什么时候回来?”接电话的是女儿。

“噢，我这就回来，马上就回来。你怎么这么早就回家了?没上晚自习?”

“妈妈今天身体又不舒服，我陪她去医院打点滴，请了一会儿假。”

“是吗，为什么不告诉我?”

“妈妈说，你这两天正忙一个案子，走不开，不让我打电话。”

刘光兵一下子语塞了。案发的当天上午，刘光兵去H制衣公司调取监控录像之后，便绕道回家，给中午在家吃饭的老婆买了盐水鹅。他告诉老婆，他手头有个案子，这几天比较忙，晚上有可能要加班，回来晚些。他还说，如果老婆身体不舒服，或者女儿在学校有什么事情，务必打电话给他，他会立即赶回来。可妻子感觉身体不适之后，硬是一个人挣扎着去了医院，让女儿陪着打点滴。她不让女儿打电话告诉刘光兵，怕影响他工作。得知这一情况之后，刘光兵心里很不是滋味。

初战告捷，该放松一下了。刘光兵毫不犹豫地把T恤衫一换，立刻下楼，在路边的小摊上买了一个西瓜，然后开着车往家赶。

## （三）扑了个空

次日早上，刘光兵早早地便来到了办公室。

面包车的车牌号已经搞清了，通过在公安信息网络系统上进行查询，很快便锁定了车主。车主名叫黄长贵，家住西湖镇，是一家塑料制品加工厂的老板。于是，刘光兵与西湖镇派出所取得了联系。掌握了基本情况之后，他立刻带着侦查员小孟驱车前往西湖镇。

到了西湖镇，刘光兵没有去镇上的派出所，以防打草惊蛇。刘光兵想，西湖镇也不大，就这么两条街，黄长贵既然住在镇上，他的“五菱之光”面包车就不可能不出现——在街上转转，有可能会碰到这辆车。可是刘光兵转了半个多小时，把两条街都转了好几遍，却没有发现“五菱之光”的影子。

街上找不到，就到黄长贵的家里去找！黄长贵家住四组××号，在十字街的南头。刘光兵不时地让侦查员小孟停下车子向路人询问，一路慢慢地找了过去。刘光兵与小孟穿的是便衣，开的是民用车，目的是悄然行动，不致引起对方的警惕。今日之行，刘光兵只想会会对手，看看这个黄长贵到底是何许人也，竟然胆大包天，对他辖区内厂家的钢瓶伸出贪婪之手，同时想看看自己费了几天神才从大量的图像里找寻出来的“五菱之光”面包车的真面目。这些天，刘光兵的心中一直有个疑惑：一辆面包车，里面的空间就那么大，怎么能装下那么多只钢瓶呢？刘光兵想要深入虎穴，探探虚实，为下一步的抓捕工作做好铺垫。

刘光兵把车子停在路边，与侦查员小孟一起走进了黄长贵家的院子。

院子挺大，门开着，里面空空的没有人。侦查员小孟向门里喊了两声，隔了半天才从楼上下来一个女人。小孟根据刘光兵事先的交代，对那个女人说：“我们是保险公司的，找黄老板做一下交通情况的调查。你是他什么人？”

“我是他老婆。他出什么事了？”

“有一辆车发生了交通事故，黄老板与这起事故有一定的关系。”

“没听他说起过呀！他不在家。”

“上哪儿去了？”

“我不晓得，他临走时没有说。”

刘光兵插话道："他出去时开车了吗？"

那个女人回答："我不晓得。"说着，她转身跑到客厅里，从窗户往后院看了看，"车开走了，后院没有车。他把人撞啦？我咋没听说呀？"

刘光兵说："你打电话叫他回来！"

那个女人拨通了电话，把情况一说，黄长贵立即在电话里叽里呱啦地吵了起来："胡说八道！我什么时候出事故了？没有的事！要他们走人！"

刘光兵拿过电话，冷静地说："我们是执行公务。事故现场的监控设备拍下了你的车，对方申请理赔。我们要做相应的调查，请你配合一下。"

黄长贵的脑子急速地转动着：前几天他的车子确实跟人家的车子剐蹭过，但是没出什么大事呀，怎么来人调查了？他一时理不清头绪，只好说他在扬州城里呢，这会儿没空，到中午才能回来。

刘光兵说："那我们在镇上等着。你回来后请打个电话给我们，我们再过来。我会把电话号码留给你老婆的。"

离开黄长贵家的大院，时间还早，侦查员小孟提出要到西湖镇派出所去坐坐。刘光兵考虑到去派出所容易引起注意，犯罪嫌疑人一旦发现苗头，就会警觉起来，这会给侦破工作增加难度。因此，他带着小孟走进了镇上的一家小饭店，叫了两个菜、两瓶冰啤，边吃边等。冰啤很爽，但刘光兵只喝了一杯就不喝了，唯恐误了大事。

吃完饭，刘光兵直犯困——不是啤酒的原因，而是这些日子他工作太辛苦了，缺觉缺得厉害。钢瓶案发生之前，为了抓一名负案在逃的犯罪分子，他去了江西、安徽等地，奔走了十几天，还没来得及休息，紧接着就发生了这个案子。他光是看监控录像，就看了个昏天黑地。侦查员小孟见他两只眼睛直"打架"，就劝他休息一下，说电话一响就把他叫醒，保管误不了事。刘光兵实在撑不住了，就闭上眼休息了一下。

突然，手机铃声响了起来。刘光兵猛地一下醒了过来，一边接听手机一边转过头去看了看，侦查员小孟早就已经坐在椅子上睡着了。电话是派出所打来的，问他们进展如何，为什么不回去吃饭。刘光兵告诉他们，自己已经吃过饭了。他看了看时间，已经将近中午一点钟了。于是，他一把推醒了侦查员小孟，带着他立刻赶往黄长贵家。

与上次来时的情况不一样，黄长贵家的院门关得严丝合缝。这小子难道是嗅到了火药味？应该不至于吧！刘光兵想到了一个细节：黄长贵的老婆之前向后院张望，是为了看看面包车是否停在那里，这说明平常他的车就停在后院。于是，他决定到后院去转转，如果黄长贵回来了的话，他的“五菱之光”面包车应该就停在后院。后院的大铁门也锁上了，从门缝往里看，院里确实停着一辆车，但不是“五菱之光”，而是一辆轿车。怎么会是一辆轿车呢？

刘光兵与侦查员小孟回到前院敲了敲门。开门的是黄长贵的老婆，她说黄长贵睡觉了，刘光兵心里踏实了一些。

黄长贵是个满口黄牙的“老烟枪”，从楼上被叫下来，十分厌烦地说，他最近没有跟别人撞过车，一定是搞错了。

刘光兵说：“空口无凭，监控为证。你的‘五菱之光’呢？”

黄长贵立马瞪起眼来：“‘五菱之光’？什么‘五菱之光’？”

“‘五菱之光’面包车。”

“笑话，我什么时候开过‘五菱之光’？以前我开的是‘桑塔纳’，如今开的是‘别克’。搞错了，搞错了，肯定是搞错了！”黄长贵一下子硬气起来。

像他这种狡猾的“狐狸”，刘光兵见得多了。其实，这一次过招，他只是想认定一下让他劳神费力了好几天的那辆“五菱之光”面包车——犯罪嫌疑人盗窃钢瓶的重要工具，并且拍张照片作为证据。对于其他的收获，他并没有过多的奢求。刘光兵觉得，此刻的态度不宜过于强硬，因此他语气平和地解释道：“我们不是故意为难你，我们只是发现交通事故现场的监控录像中有你的车，我们是根据车牌号找到你的。”

黄长贵又瞪起眼来：“什么车牌号？”

“‘苏KAXX88’，是你的车吧？”

黄长贵一下子跳了起来：“狗日的，抓到他啦？老子正要找他算账呢！”

刘光兵觉得十分蹊跷：“你说什么？怎么回事？”

“妈的，‘苏KAXX88’是我的车牌号，被狗日的偷了！当初为了‘88’这两个数，多花了我五千块钱呢！”

“什么时候被盗的？”

“六月份吧。不，七月初，有一个多月了！我报过案！”

“在哪儿报的案？”

“东关派出所。抓住这狗日的了没有？”

“正在抓。你的车呢？我们要看看。”

黄长贵很不情愿地带他们到后院去看了看车。确实是一辆“别克”，七成新，车牌号是“苏KA73XX”。

刘光兵机智地望着他：“怎么换成这部车了？”

黄长贵一愣：“换车？我换什么车？我的车好好的，换什么呀？你这是什么意思呀？”

“你的‘五菱之光’呢？”

“什么‘五菱之光’？”

“一辆面包车！”

“我没有开过面包车！”

“你没有开过‘五菱之光’面包车？”

“从来没有！不信你们去查，去车管部门、交警部门都可以！

我坐在家里等你们！真是没有王法了！”

与黄长贵进行上述对话时，刘光兵一直紧紧地盯着对方的眼睛。

从黄长贵家出来，刘光兵立刻通过有关部门了解到，黄长贵确实在7月2号因车牌被盗报过案。

离开黄长贵家时，侦查员小孟十分沮丧。刘光兵沉默了一会儿，说：“你不要泄气，应该看到我们的侦破工作有了很大的进展，因为我们发现‘苏KAXX88’是盗用的车牌，这说明‘五菱之光’面包车有很大的嫌疑。”

## （四）夤夜追击

刘光兵回到所里之后，立刻与江都、仪征、邗江方面联系，了解发生在7月份和8月份的钢瓶被盗案中犯罪分子所使用的车辆情况。对方告知，他们从监控录像资料中发现，在案发时间段内，有一辆银灰色面包车在相关路段出现过。与此同时，刘光兵查阅了Y公司的案件发生后几天内扬州大桥及附近几个路口的监控录像资料，结果发现，车牌号为“苏KAXX88”的“五菱之光”面包车在扬州大桥上多次出现，时间分别为：8月29日晚九点五十分、十二点十分，8月31日凌晨零点十五分、两点二十分，9月1日晚八点四十分、十一点半……根据车辆的情况进行分析之后，刘光兵认定，在周边县（市）与本市Y公司偷盗钢瓶的，应该是同一个犯罪团伙。他们为什么频频往返于扬州大桥呢？原因可能有两个：他们的窝点离大桥不远；他们外出作案或寻找作案的机会时，会经过这里。

因此，刘光兵决定在扬州大桥上进行蹲守。

扬州大桥横跨京杭大运河，位于扬州市区的东部，是扬州城区与扬州东部的江都、邵伯、泰兴等地相连的要道，每天从早到晚有大量的车辆从上面经过。既然犯罪嫌疑人选择了晚上行动，刘光兵就在晚上奉陪。下班后，别人都回家了，他与侦查员小孟吃过晚饭后驾车来到大桥附近，分别在两个点进行蹲守。

华灯初上，卡车、轿车、面包车等各种车辆不时地会从这里经过。立秋刚过，天气依然很热。白天太阳晒了一整天，此刻路边的水泥地面还在不断地散发着热气。不时会有蚊子飞过来，叮得人身上奇痒无比。路边有摆小摊儿的，不时地会有人走过来，站下看看。他们是在这里蹲守的，不是出来乘凉、看风景的，所以不能到处乱看，必须集中注意力盯着来来往往的车辆。别的车可以视而不见，但是一有面包车，目光就要紧紧地跟随它。是什么车？“五菱之光”吗？如果是，就立刻瞄准它的车牌号！

第一天，刘光兵与侦查员小孟在大桥上从晚上八点蹲守到了次日凌晨两点，没有发现目标。

第二天继续蹲守，仍然没有发现目标。

两天发现不了目标是常事——蹲守需要的是坚持与耐心。

到了第三天晚上，下雨了，雷声滚滚。一道电光闪过，雨像箭一样射了下来，在桥面上溅起一片白亮亮的水花。刘光兵和侦查员小孟身上都被淋湿了，不得不坐进车里避雨。雨太大，密网似的，刘光兵只好换了个停车地点。这里是公路的一个转弯处，车子行至此处必然会减慢速度，便于识别。

第三天，没有发现目标。

第四天，没有发现目标。

……

到了第七天，目标终于出现了。晚上十点多钟，刘光兵发现一辆面包车往桥头驶来，便立刻提醒侦查员小孟注意。车到了跟前才看清，竟然是“五菱之光”牌的。“注意车牌！”刘光兵厉声说道。停了一会儿，小孟兴奋地压低声音说：“XX88，就是它！”刘光兵鹰一样的眼睛也早就“捉住”了它。他让小孟拧动车钥匙，让车处于待命状态，把那辆“五菱之光”放过去之后，立刻上路跟踪。与此同时，刘光兵拨通了所长的电话，报告了目标所在的位置和行驶的方向，要求立刻出动警力予以协助。

桥上灯光很亮，车辆又不多，刘光兵与“五菱之光”保持着一定的距离，紧追不放。从8月29号到今天，刘光兵为了这起钢瓶案，不知跑了多少单位，调阅了多少监控录像，加班加点、废寝忘食地在大桥上蹲守了多少天。功夫不负有心人，今天终于把它等来了！

过了桥，路上车辆突然多了起来。刘光兵让小孟加大油门，紧紧地跟上去。刘光兵一直盯着那辆面包车，此刻突然有了新的重大发现。他立刻兴奋起来，对小孟说：“你发现车子的特征了吗？”小孟集中精力，却没有找到。刘光兵提醒道：“车子尾部，右下角。”小孟终于发现了，叫道：“是的，被撞过，有一个坑！”刘光兵让小孟加速，缩小车距。后面的车灯刚好打过来，“五菱之光”的尾部被照得清清楚楚。车子右下角的被撞处不仅有一个大坑，而且有一道不太明显的擦痕。

过了杭集，“五菱之光”突然加速了。小孟以过往车辆为掩护，与它保持着适当的距离。

到了江都境内，“五菱之光”没有转向江都城的入口，而是继续向东驶去。

小孟有些不放心：“前面车子少了，空旷得很……我们的人不可能立刻赶过来呀！”

刘光兵沉稳地说：“别担心，他们没有发现我们。我们见机行事……今天我是带着枪的。”

所里的民警来电话说，他们的车子已经到了扬州大桥，问刘光兵目前所在的位置。刘光兵简要地作了回答，然后和小孟换了个位置，亲自驾车，全神贯注地盯着那辆“五菱之光”。

过了江都，路上车辆少了，路灯也少了，可“五菱之光”一点儿也没有放慢速度。刘光兵看了看仪表盘——一百三十迈。虽然是高速公路，但这是晚上，仅仅依靠车灯行驶，简直是不要命了！刘光兵稳稳地把握着方向盘，既不能离他们太近，又不能被他们落下，始终保持着这种状态。

半个小时之后，车子进入了泰兴。前面是黑压压的一片，黑暗中有点点亮光。这是一个村庄。过了这个村庄，“五菱之光”就突然不见了。刘光兵心里一紧，心想，快到手的鱼，可不能滑脱了呀！疑虑间，车灯的照射之下，他发现左边有一条岔道。于是，他毫不犹豫地立刻掉转方向，往岔道上驶去。

这是一条废弃的老路，路面起伏，凹凸不平。刘光兵没有半点儿犹豫，猛轰油门，全力加速，不到五分钟便发现前方黑暗中车灯一闪——目标被重新找到了。原来，刚才拐弯的路段被村庄挡住了，目标才瞬间消失了。

路况太差，车速过快，车子像在浪涛中起伏。在车灯的照射下远远地看清前面的“五菱之光”之后，刘光兵不得不稍稍放慢速度。所谓的“放慢”，也就是将原来的一百二十迈变为一百迈、九十迈……不能再降了，再降就会被对方甩掉了。这里车辆很少，必须保持距离，跟得过紧会被对方察觉。“老虎”已经进入了伏击圈，千万不能让它察觉。可是，“五菱之光”黑灯瞎火地在这样的路面上居然跑到了九十至一百迈，真是疯了！

再往前，“五菱之光”又拐上了一条岔路。刘光兵放慢车速，到了岔道口，见“五菱之光”上了一条乡间小道，仅够一辆车通行。刘光兵对周边地区的公路交通了如指掌，但对乡间渔网式的小道却并不熟悉。另外，在这样的午夜，车子跟在后面，肯定会被对方察觉，以致打草惊蛇。于是，刘光兵将车停了下来。

“五菱之光”所走的是一条乡间小路，应该是去一个什么村庄。可是，深更半夜的，他们去村庄干什么呢？算了，先不管他们要干什么了，就在这个路口守着——他们办完了事，应该还从这条路回去。等他们回去时，再远远地跟着，直到找到他们的窝点。刘光兵跟小孟这么商定之后，立刻给所长打了个电话，告诉他们不要过来了，同时请求所长立刻安排人员守住扬州大桥卡口，防止犯罪嫌疑人绕小路回扬州。

刘光兵与小孟就在那个不知名的乡间道口守着，从夜里十一点多钟一直守到天亮，却始终没有见到“五菱之光”的踪影。他们打电话询问扬州大桥那边的情况，那里也没有发现任何踪迹。刘光兵深感奇怪，将车沿小路往前开去，最终发现，这条路确实通向一个村庄，但村庄背后还有一条小道，七拐八拐之后，竟上了一条大路。这条大路刘光兵很熟悉，它是通向泰州和兴化的。

原来如此。

在返回扬州的路上，刘光兵见侦查员小孟表情有些怅然，对他笑道：“别不高兴了，本来我们这次出来就只是进一步侦查，并没有指望一下子将他们捉拿归案。现在我们发现了‘五菱之光’尾部被撞出的坑，这是一个重大发现，太重要了。”

行至扬州大桥，已是旭日东升。他们两个人早已饥肠辘辘。他们下了车，在路边的早餐摊点坐下，喝了碗豆浆，吃了根油条。

## （五）根本性的突破

刘光兵一夜未眠，回到所里时有些头昏眼花。他立刻让小孟回家睡觉，自己打算钻进值班室睡两个小时，可没想到这些日子太疲劳了，一觉就睡到了中午。醒来之后，他用冷水洗了一把脸，见已过了午饭时间，便责怪值班员没有按照他的吩咐九点半钟把他叫醒。值班员望着他因严重缺乏睡眠而变得通红的双眼，微笑道：“不是忘了叫你，而是看你累成这样，睡得那么沉，实在不忍心叫醒你呀！”

刘光兵苦笑了一下，无话可说了。突然，他想到了家里。今天是几号？9月8号？糟糕，今天是老婆检查身体的日子。前两天在家跟老婆说得好好的，今天陪她去医院，怎么给忘了？唉，怎么给忘了呀！

刘光兵立刻拨通了老婆的电话："对不起，老婆，我才想起来。我这就回去带你上医院。"

老婆声音微弱地说："医院我已经去过了。还是老样子，没什么问题。听你这说话的声音，又是一夜没睡吧！你要注意身体呀！我已经病成这个样子了，你可千万别再累倒了呀！"

刘光兵一时不知说什么好，有些哽咽。停了停，他说："今晚我早点儿回去吃晚饭。"

老婆笑了笑："好的。你事情多，不要太赶。"

刘光兵走进餐厅，做饭的师傅连忙把给他留着的饭菜端了上来。吃着饭，刘光兵的脑子里还在想着钢瓶的案子。他端着碗走进办公室，打开电脑，在公安信息网上浏览了一下，不由得大吃一惊。就在昨晚，泰兴的河失又发生了一起钢瓶被盗案。

河失，可是昨晚"五菱之光"消失的地方？

是的，一定是！

刘光兵搁下筷子，再也吃不下饭了。此刻，他心中充满了内疚和自责。他没有想到，那么一条细细弯弯的乡间小道也会通向一家工厂，犯罪分子竟然在那里下了手。这是在他的眼皮底下作的案！由于他的一时疏忽，又一个规模不大的民营小厂被洗劫了！简直是太猖狂了！必须尽快抓到他们，要稳、准、狠，务求一网打尽！

他们的老窝在哪儿？

怎样才能揪住他们的"尾巴"？

刘光兵立刻打开电脑，查阅起这些日子从大桥卡口调来的有关"五菱之光"的监控资料来。这些监控资料他已经看了不止一次，内容已完全熟悉。此刻他再次查阅，是想换一个角度，在非作案时间段里寻找“五菱之光”的踪迹，也就是白天活动的情况。偷盗钢瓶的这类犯罪分子，应该是昼伏夜出，但白天他们也是要出来活动的——既然出来了，在监控录像里就能找到他们的踪迹。可是，刘光兵看了很长时间也没有发现那辆面包车的踪影，即使发现了“五菱之光”牌的面包车，车牌号也不是“苏 KAXX88”，这是怎么回事呀？刘光兵思索了半天，才最终一拍脑门，茅塞顿开。他们白天并不是钻到地里不出来了，而是仍然在大桥上来来回回地活动，只是不敢再用“苏 KAXX88”这个假牌照了，怕被车主认出来。因此，他们白天出来，一定用的是自己的真牌照！刘光兵兴奋得两眼放光！

亮剑的时候到了！

虽然还不知道“五菱之光”真正的车牌号是什么，但是刘光兵他们已经掌握了车子的特征，凭此特征顺藤摸瓜，就一定能找到那辆车。

基于这样的认识，刘光兵又打开了监控资料。他在想，“五菱之光”车尾右侧被撞出的坑是案件侦查的重要“抓手”，要让全所的民警都知道这个情况，这样有利于迅速破案。那么，怎样才能让大家都记住这一特征呢？还得借助监控录像。于是，刘光兵从下午开始，在电脑前一坐就是十几个小时，直至深夜才终于找出了两张高清图像，准确地捕捉到了车尾右侧的那个被撞出的坑。

第二天上午，刘光兵将他的分析判断在所里的会上进行了讲述，得到了大家的一致赞同。于是，刘光兵打开电脑，调出图片，让大家仔细观看“五菱之光”的尾部，注意其特征。最终，所里经研究决定，根据“五菱之光”屡屡从施井路口与汤汪路口拐向扬州大桥这一情况，立刻布置警力，白天分头到汤汪与施井一带进行侦查，一旦发现右侧尾部有被撞出的坑和一道擦痕的面包车，立刻记下车牌号。

可是，民警们四处寻找了两天，也没有发现“五菱之光”的踪影。

难道是老虎觉察到了什么，躲进洞里去了？

非也。到了第三天下午，目标终于出现了。就像是老天刻意安排的，因为刘光兵为侦破此案付出了太多的心血，所以把发现目标的机会留给了他。这天下午，刘光兵与侦查员小孟一起开着车到施井转了一圈儿，没有发现目标，就掉转方向，去往汤汪。汤汪是个镇，刘光兵他们慢慢地在镇上转悠。到了邮局附近，刘光兵突然发现邮局门口停着一辆银灰色的面包车，细看标志，是“五菱之光”。刘光兵压低声音说道：“目标出现！”小孟立刻来了精神。刘光兵沿着道路缓缓地往前开，到了“五菱之光”跟前。刘光兵与小孟的目光不约而同地聚集到了车子的尾部。两个人同时看到了车子尾部右侧的一块被撞出的坑，旁边还有一道不太明显的擦痕。

特征完全相符，就是它！

刘光兵立刻向所长汇报了情况，要求火速出警，同时将车子在离邮局不远的一家饭店门口停下，与小孟一起下了车。

面包车一直没有动，车上的人可能进邮局办事去了。刘光兵身上是带着枪的，他悄悄叮嘱小孟：“你跟着我，但不能冲到前面。”于是，他们一前一后向邮局门口走去。

刘光兵正准备推邮局的旋转门，一个平头男子从里面走了出来。刘光兵快速往邮局大厅里扫了一眼，见大厅里只有一个妇女和一位老人。显然，走出来的“平头”正是“五菱之光”的车主。于是，他进了门之后，虚晃了一下，立刻转身出来跟着那个“平头”。“平头”果然打开那辆面包车的车门，上了车。刘光兵一个箭步冲上去，一下子把手伸入车窗，想拔下车钥匙。“平头”反应极快，一把推开刘光兵的手，迅速把车子发动了起来。刘光兵见“平头”想驾车逃跑，立刻把自己的上身探进驾驶室，与他争夺方向盘。与此同时，小孟从另一边拉开了车门。正在这时，一根铁棍从车厢里伸出来，一下子砸到了小孟的脸上。小孟“啊”的一声跌倒了。原来，车里还睡着一个人。这人见有人拦车，便操起铁棍出来了。小孟被打倒之后，那家伙又想用铁棍打刘光兵，可是见刘光兵和他的同伙扭成一团，无从下手，只得大声喊：“挂前进挡，摔死他！”车子在邮局门前拧着麻花。刘光兵按住方向盘不放，跟着车子转了两圈，最终被甩了下来。

刘光兵拔出手枪，却又立刻冷静下来，把枪插回了枪套。

刘光兵两眼炯炯有神地盯着车子尾部的车牌号“苏 KA75XX”，这是“五菱之光”的真实车牌号。

刘光兵心中暗笑——看你能跑到哪儿去！

“苏 KA75XX”像钉子一样钉在了刘光兵的心中。

## （六）恶虎落网

在公安信息系统上查询之后，“苏 KA75XX”的车主很快便落网了。此人名叫张旭，三十五岁，盐城人。2001 年因盗窃罪被判处有期徒刑五年，后被提前一年释放。2008 年，他来扬州打工，暂住在扬州汤汪镇某街某组。

鉴于上述情况，运东派出所决定对张旭实施抓捕。

9 月 23 日，侦查员发现，张旭与三名犯罪嫌疑人取得了联系，将于当晚去扬州城北的槐泗镇活动。刘光兵掌握了这一情况之后，立刻带领民警到城郊螺蛳桥处进行守候。

晚上九点十分左右，张旭一路东绕西转，将三个同伙接上“五菱之光”，向城北方向驶去。

他们行至螺蛳桥附近，见前面路口突然驶出两辆警车，便急忙掉头逃跑，可是没想到，通向凤凰桥的路口处也驶出两辆警车，将他们迎面堵住了。张旭知道事情不妙，急忙掉转方向，想夺路而逃，结果咣当一声撞上了交通护栏，车子被迫停了下来。

刘光兵一眼便认出，驾车的正是前天在汤汪邮局门前大喊、“挂前进挡，摔死他”的那个家伙。刘光兵大喝一声：“都不许动！统统给我老实趴下！”

犯罪嫌疑人哪肯就范，从车里钻出来，玩儿命地往路边的田野里跑。侦查员们急忙追了上去，干净利落地将四名犯罪嫌疑人制伏了。

## （七）最后的招供

审讯工作进行得十分艰难。

四名犯罪嫌疑人之所以拒绝交代，是因为自知案情重大，担心被重判。所里的民警全体出动，通宵达旦地对他们进行“车轮大战”，各个击破，直至第二天中午才有两人交代了问题。一道关口攻了下来，其余的抵抗便会土崩瓦解。顽抗到最后的是年纪稍大的张旭。刘光兵对他讲明道理、晓以利害。终于，在心理诱导和适度的压力之下，他“软”了下来。在抓捕他时，他身上散发出来的浓烈的烟味给刘光兵留下了极其深刻的印象。于是，刘光兵点燃了一支烟递给他，软中带硬地警告他说：“他们都已经交代了，整个案情我们都已经掌握了。我是在给你机会，看看你的认罪态度如何。现在交代还不算迟……”张旭大口大口地把烟吸完，审讯室里顿时烟雾弥漫。他伸出大拇指和二拇指，一张一合地动了动。刘光兵见状，立刻又给他点了一支烟。最后，在刘光兵和所里民警的共同努力下，四名犯罪嫌疑人分别交代了自己的犯罪事实。

四个人都是盐城人。年纪稍长的张旭是主谋，已与老婆离婚。张旭有一子，十三岁，跟着他生活。开车的“平头”是张旭的弟弟，名叫张鑫，二十八岁，一直给哥哥开车，协同作案。另两个人分别是屠宏兵和屠军，一个二十七岁，一个二十九岁，是张旭他们村里的老乡，本来就和张旭他们认识，后来一起出来打过工。张旭最初盗窃时，屠军给他做过帮手。

经审讯得知，从 2007 年开始，他们以扬州为暂住地，在周边的江都、仪征、邗江、高邮等地，共偷盗氧气瓶、乙炔瓶、氩气瓶及电焊机等机电设备近百次，价值人民币两百多万元。

关于他们的作案方式及过程，根据审讯笔录选择整理如下：

之一：2009 年 9 月 13 日

受审人：张鑫

审讯人：刘光兵、×××

问：你们当时作案的过程是什么样的？

答：2007 年 4 月的一天，是几号我想不起来了，我在别人家里打麻将时，我哥打电话找我，要我去镇上的饭店等他。那个饭店叫商君饭店，是个小饭店，我哥常和朋友在那里喝酒。我按我哥说的时间去了。在那里，我见到了屠宏兵，我们认识。之后又来了一个，我不认识。后来才知道他叫屠军，跟我哥关系挺好，以前一起偷过东西。酒喝到一半，我哥就说了，约我们一起出去弄钱。我晓得，我哥说的“弄钱”就是偷。他因为偷坐过牢，是个老手。我当时手里没有钱，天天跟老婆在家里吵架，正想出去弄点儿钱，就答应了。我哥有一辆很破的“桑塔纳”——现在开的这辆面包车是到了扬州之后有了钱换的。第二天，他让我开着他的破车，和他一起去接屠军跟屠宏兵。接到之后，就往扬州去了。到了扬州的第二天，我们就去偷钢瓶了。

问：是谁决定的？在哪里偷的？

答：我哥，张旭。那天晚上下雨，我不认识路，是我哥自己开车去的仪征那一带。先到了一个镇上，好像叫青山镇吧，记不清了。又往前开，那地方很荒凉。路边有一片房子，黑咕隆咚的。我们悄悄地把车熄了火，推到了房子跟前。我第一次跟我哥一起做这事，有些怕。我负责望风，待在车子旁边。他们三个人向那片黑乎乎的房子走了过去。我不知道他们是从哪儿进去的，也不知道里边有没有人。后来我才知道，白天我哥跟屠军一起来踩过点。不一会儿，他们就都出来了，肩上扛着长长的钢瓶。他们每人一次扛一个，来来回回扛了好几趟。把钢瓶装进车里，我们就走了。当夜我们就把钢瓶给卖了。一共偷了十九个，有氧气瓶，有乙炔瓶，还偷了几台电焊机。一共卖了两千元，分给了我五百元。

问：钢瓶卖到什么地方了？收钢瓶的人叫什么名字？

答：卖到了槐泗的一个废品收购站。具体在什么地方，我记不清了，但我还记得它的方位，我可以带你们过去。那家收购店的老板是一个老头儿，叫什么名字我不知道，听我哥叫他老矮子——他个子很矮。

问：你们被我们逮住的那天，开车去槐泗干什么？

答：去找老矮子拿钱，他还欠我们一些钱。

问：为什么要一起去？

答：一起去，拿了钱好立刻分掉，然后一起玩。那天说好了在槐泗喝酒。

……

之二：2009年9月13日

受审人：屠宏兵

审讯人：刘光兵

问：最近的一次作案是在哪里？

答：最近的一次是在邵伯镇，偷的好像是一个船厂。上半夜下了雨，雨很大。是老大要做的。

问：老大是谁？

答：老大就是张旭，我们都这么叫他。他主意多，年纪又比我们大，我们就叫他老大。本来我们是要歇一天，玩儿玩儿的，因为手里都还有些钱。

问：停！玩儿玩儿是什么意思？

答：去K歌。

问：去哪家？

答：不固定，常去的有“夜来香”。

问：找小姐吗？

答：找。还喝酒，喝很多。有时还……还把小姐带出去。

问：带到哪儿？

答：带到我们住的地方。如果人家不肯，就带到酒店。

问：带到哪家酒店？

答：不止一家，都是快捷酒店，×××，还有×××。

问：你们是怎么去邵伯镇的？

答：我刚才是说我们想玩儿，可老大跟屠军都不答应，我们就跟他们去了。那天有两辆车，还有一辆也是面包车。开车的是老大的朋友。那人我不认识，不知道他的名字，到现在都不知道，只知道他们叫他“三子”，面包车好像是他的。具体情况要问老大和屠军，我估计张鑫也不知道。两辆车子一前一后，很快就到了邵伯。

七转八转地，然后就停车了。黑暗中，眼前亮闪闪的，原来是到了湖边。湖边有个船厂，好像没有围墙，是开放式的。我跟着他们往里走，黑乎乎的，好像是到了一片造船的工地。工地上有好多钢瓶。老大要我们先等着不动，他跟屠军到前面去看看。不一会儿，只听到前面有条狗呜呜地哼了两声，就没了动静。到后来我们才知道，原来工地上有人看守，还养了狗。他们过去先把狗药死了，紧接着把看工地的人捆绑起来，再封上嘴。这下我们就可以开始扛钢瓶了。车子离放钢瓶的地方有一段距离，我们来来回回地扛了好几趟才把两辆车子都装满了。然后，我们就回去了。

问：钢瓶是怎么处理的？

答：都卖到废品收购站了。钱被大家平分了。

问：哪个废品收购站？老板叫什么？

答：叫老矮子，在槐泗镇。

……

之三：2009年9月13日

受审人：张旭

审讯人：刘光兵、×××

问：那辆“五菱之光”面包车是你的吗？从哪儿弄来的？

答：是我的。我把我原来的一辆旧“桑塔纳”卖了，又补了一些钱，在二手市场买了这辆面包车。

问：为什么要盗人家的车牌？盗过几次？

答：为了用人家的牌照，怕暴露自己。盗过好几次，具体几次，记不清了。一般过半个月，至多一个月，就换一次——时间长了不安全。

问：面包车里面为什么要改装？

答：没办法，为扩大空间，不得不把后排座位拆掉，好多装些钢瓶。

问：驾驶座后面为什么装了帘子？

答：是为了遮挡视线，不让迎面的车灯照过来……看到钢瓶。

问：从你车上搜出来的那些大力钳是干什么用的？

答：撬门窗，剪电缆和钢丝。

问：8 月 28 日夜里，你们进入广陵产业园 Y 公司的大门，是用的那把大力钳吗？

答：是的。我们把电动门上的电线夹断，把门推开了。

……

**【刘光兵的思考】**

1. 目前已抓获的四名犯罪分子（另一名绰号“老三”的犯罪分子赵志敏一周后也被捉拿归案）的文化程度都很低，最高学历仅为高中，其中一名犯罪分子初中都没有毕业。可见，他们都没有受到过良好的教育。

2. 犯罪分子没有法制观念和公民意识，一向无法无天、为所欲为、不计后果。

3. 犯罪分子好逸恶劳、贪图享受、生活糜烂。

4. 民营企业规模小、防盗设施不全，给了犯罪分子以可乘之机。

5. 对废品收购行业要严加管理。以开废品收购站为名进行销赃的李达才（老矮子）虽已被逮捕，但干这种事的还大有人在，这为犯罪分子的销赃提供了便利条件。

## （八）狠狠的一拳

这一拳，是广陵产业园 Y 公司的那位看传达室的门卫打出的，给刘光兵留下了极其深刻的印象。

那天，刘光兵带着张旭去广陵产业园 Y 公司指认现场。刘光兵下了车之后，问公司里的人是否认识张旭。侦查员小孟去叫看传达室的人，让他出来核实情况。看传达室的是一位年纪在六十出头的头发斑白的老人。老人走出传达室之后，刘光兵指着张旭问："看看，你认识他吗？"

老人两眼一眨不眨地盯了张旭半天，然后低着头走到了张旭跟前。刘光兵以为他是一时辨认不清，想到跟前仔细看一下，或者是有什么话要问，但是没想到老人突然对准张旭的胸口就是一拳。这一拳打得又狠又快，张旭趔趄了一下，差点儿跌倒。刘光兵怕他再打，连忙上去阻拦，谁知老人打完这一拳，什么话也没说，径直向传达室走去。

刘光兵望着老人的背影，一时愣在那里。

老人的这一拳，打出了一个普通公民对偷盗犯罪的仇恨，更打出了广大人民群众对不法分子的憎恶！

从金盛岗到扬州大桥卡口只需要五分钟的时间，而这辆“别克”车却用了十二分钟。它在那多余的七分钟里干什么去啦？因此，它可能就是我们要寻找的目标……

# 八、追踪“别克”车

## （一）冰山一角

这是一起撬盗汽车后备厢案，案发时间是2010年3月28日。刘光兵接到报案后，立刻赶到了案发地点——扬州东区的“锦江之星”宾馆。

经调查得知，“锦江之星”宾馆门前的停车场夜里没有值班人员，车辆可以随意停放。是夜，被撬盗后备厢的车辆共有六辆：四辆“别克”、一辆“丰田”、一辆“福特”。四辆“别克”车的车门均是被钥匙打开的，而“丰田”与“福特”车的后备厢则是被锐器撬开的。六辆车都停在“锦江之星”宾馆门前的停车场，车主在“锦江之星”宾馆住宿。据车主反映，被盗的物品主要是烟和酒，此外还有一台笔记本电脑和一台摄像机，总价在三万元左右。

“锦江之星”宾馆的停车场上有监控设备，刘光兵立刻调阅了监控录像资料。

根据推断，犯罪分子撬盗汽车后备厢的时间应该在后半夜，于是刘光兵截取了凌晨一点钟以后的监控录像，只可惜清晰度不高。他尽最大努力细细地看了一遍录像，一直看到了凌晨三点零六分才终于发现了一个可疑目标。录像中，“锦江之星”宾馆的停车场上空无一人，只有几辆车停在那里。在昏暗的灯光下，突然闪出一个黑影，动作敏捷地直奔一辆轿车而去。那辆车黑乎乎的，好像被一棵树挡着，影影绰绰的。几秒钟之后，又一个黑影闪了出来，也奔向了那辆车。不一会儿，两个黑影又一前一后地快速闪了回来。稍后，两个黑影仍然是一先一后地向另一个方向奔去……如此反复了多次。刘光兵根据录像内容进行分析之后，认为这是犯罪分子在撬盗轿车的后备厢。犯罪分子可能是两个人，但也不排除有三个人的可能性——可能会有一个人在驾驶室里等候。两个黑影来来回回地将从轿车上盗取的物品往自己的车上运送着。十分钟后，两个黑影从监控录像中消失了。刘光兵又坚持往下看了一段时间，目标始终没有出现。很显然，犯罪分子撬盗结束后便逃离了现场。刘光兵只是在想，他们不可能徒手而来，一定有自己的车。可是，他们把车停在哪儿了呢？刘光兵来来回回地在监控录像中仔细寻找，不放过任何细节，可就是没有发现他们的车辆。他们一定是把车子停在监控设备拍摄不到的地方了。他们是在无意中这样做的，还是为了防范故意选择了一个特殊的位置？凭直觉，刘光兵意识到，此案有可能比较复杂，他碰上了一个“老手”。

寻找犯罪分子的车辆是侦破此案的突破口。停车场上除了上述监控设备外，还有一个从另一个角度采集图像的监控设备。刘光兵调阅监控录像资料之后发现，在案发前大约三十秒钟，有一辆轿车从案发地点经过。可是拍摄效果较差，并且这辆车只是一闪而过，车型、车牌号等均无法识别。此处不行，再看看周边还有什么监控设备！刘光兵发现“锦江之星”宾馆西侧有一个加油站装有监控设备，加油站前面的路通向“锦江之星”宾馆。于是，他赶紧与加油站取得联系，调取监控录像。结果发现，在案发时间段里有一辆轿车从这里经过，可遗憾的是图像朦胧灰暗，不太清晰。不过，从车子的外观看，有些像“别克”车，只是没有十分的把握。至于车牌号，更是无法识别。

怎么办?

刘光兵扩大了侦查范围，以“锦江之星”宾馆为中心向外延伸。从“锦江之星”宾馆往东八百米是金盛岗，向西二百米是扬州大桥卡口。这是去往“锦江之星”宾馆的必经之路，犯罪分子的车辆一定会从这里经过，监控设备一定会拍下它的影像。刘光兵立刻调来了这两处的监控录像资料。

金盛岗与扬州大桥卡口是交通枢纽，虽然调阅的只是一定时间段的录像资料，但是由于来来往往的车辆很多，识别起来十分费力。刘光兵连续两天加班加点，半夜回家时着了凉，感冒发烧，直到第二天上班时头还是昏昏沉沉的。他只好安排了一位助手替他查阅录像资料，并反复叮嘱，务必要认真仔细，不能放过任何疑点。交代完注意事项之后，他感觉身体很不舒服，决定去医院看一看。社区医院离单位近，他就去了社区医院。医生给他量了体温，要他打点滴。他犹豫了一下，嫌打点滴浪费时间，说开点儿药就行了。午饭后，他吃过药睡了一觉，出了一身汗，感觉似乎好了些，便立刻赶到了所里。他问那位助手，监控录像看完了没有，发现了什么情况。助手说，看完了，没发现什么情况。刘光兵有些疑惑，问他看了多长时间。助手说，整整看了半天，没敢大意。刘光兵有些怀疑——怎么会一点儿情况都没有呢？这两处的监控设备是高清的，可以准确地识别每辆车的车型和车牌号，如果仍然找不到线索，这个案子就侦查不下去了。

刘光兵什么话也没有说，在电脑前坐下，又把监控录像打开了。助手有些尴尬，心想，我把案发前后的录像都仔细地看过了，难道会把犯罪嫌疑人漏掉?

刘光兵在电脑前一动不动地从下午一直坐到了晚上。他一边看，一边不时地在纸上写写画画，做着记录。助手过来给他倒茶时发现，他记录的是一个个车牌号，还有一些时间。刘光兵突然抬起头问助手："你说说，一辆轿车在正常行驶的情况下，从金盛岗到扬州大桥卡口需要多长时间？"

助手眨了眨眼："不会超过十分钟吧。"

刘光兵说："你说的十分钟是在白天。如果在夜里，在案发的那个时间段里呢？"

助手说："那肯定用不上十分钟，也就五六分钟吧。"

刘光兵说："对，大约五六分钟。也就是说，一辆轿车正常地从金盛岗行驶到扬州大桥卡口，前后只需要五六分钟——它不需要逗留，只是经过。"

助手一下子兴奋起来："你是说，从时间上逆推，如果某辆车经过这两个地方用的时间比其他车长，那么它就有可能在'锦江之星'宾馆门前停留过，进行过盗窃？"

刘光兵说："对。经过比较，我发现一辆'别克'轿车很特别，它经过金盛岗的时间是三时零五分五十四秒，而从扬州大桥卡口出来的时间为三时十七分五十二秒，前后一共用了十二分钟。这是怎么回事呢？而三时零五分五十四秒至三时十七分五十二秒，正是案发的时间段。"

助手说："要是它恰好中途有什么事，停了一下呢？"

刘光兵说："我也想到了这一点。不过，我统计了一下，在案发时间段里共有二百七十六辆车从金盛岗与扬州大桥卡口之间经过，其中有一百六十八辆轿车用了五至六分钟，有一百零五辆卡车用了七至八分钟，有两辆卡车用了九分钟，唯独这辆'别克'车用了十二分钟。从金盛岗到扬州大桥卡口只需要五分钟的时间，而这辆'别克'车却用了十二分钟。它在那多余的七分钟里干什么去啦？因此，它可能就是我们要寻找的目标。"

于是，这辆车的行驶图像被截取了下来。

这辆“别克”车的车身为黑色，车牌号是“苏 HXX930”。

刘光兵立刻利用相关网络对“苏 HXX930”进行查询，结果发现，这辆车是套用别人的一辆“大众”轿车的牌照。为了逃避监控而挂上假牌照作案，这是犯罪分子惯用的伎俩。因此，刘光兵认定，这辆车牌号为“苏 HXX930”的“别克”车就是作案的车辆。

至此，案件的侦破工作有了很大的进展。

刘光兵十分高兴，身上的病也似乎好了一大半。

## （二）两位高手的谋划

既然车牌号为“苏 HXX930”的“别克”车具有重大作案嫌疑，那么下一步的侦破工作就有了明确的方向。第二天，刘光兵便根据这辆“别克”车的行驶方向，调阅沿线的监控录像资料，对它进行追踪。

刘光兵发现，这辆“别克”车行至江都砖桥收费站时，突然改变了路线，上了京沪高速公路。行驶了一个半小时之后，它在淮安境内下了高速路，向淮安城区方向驶去。可是让人意想不到的是，目标到了淮安之后便突然消失了。刘光兵毫不犹豫，立即奔赴淮安，调阅淮安西、淮安南、淮安市区三个卡口的监控录像资料，仔细进行分析和比对，结果仍未发现这辆“别克”车的行踪。

目标怎么会消失了呢？

它跑到哪儿去了呢？

该不会是飞到天上去了吧！

刘光兵与随行的侦查员小孟对淮安交通图上外围的公路网进行分析之后，认定这辆车牌号为“苏 HXX930”的“别克”车没有进入市区，而是从乡道走了。在这条主干道上，共有三个乡道入口，这辆车到底是从哪个入口进去的呢？可惜的是，三个乡道入口均无监控设备，刘光兵无法作出判断。三条乡道都是通向周边的乡镇的，犯罪分子无论从哪条乡道出去，都可以进入一个广阔的区域，犹如鸟入森林、鱼入大海，消失得无影无踪。

侦破工作无法顺利进行下去了。

怎么办?

侦查员小孟思来想去也想不出什么好办法来。他望了望经验丰富、屡建奇功的刘所长，见刘所长也是十分焦虑、一筹莫展，便开始打退堂鼓了。小孟试探着说："没有线索，神仙也难下手了。我们是不是先回去呀?"

刘光兵望着小孟，目光深邃、声音低沉："不，不能急，我们再想想办法。"

刘光兵早年高中毕业进工艺厂工作期间，曾看过一些武侠小说。小说中说，武林中人到了一个新的地方，总要拜访一下当地的高人，求学问道、切磋武艺。如今他来到淮安，为何不学习一下武林中人的做法呢？有了这个想法，他便立刻决定，暂时不回扬州了，住在淮安，拜会一下当地的同行高手。

淮安有一位"神探"，年纪比刘光兵大些，近年来在公安系统内部多次立功受奖。刘光兵曾与这位"神探"进行过跨地区的合作，在省公安系统英模会上也有过交流，很谈得来。只可惜，当时会议时间短，未能谈得尽兴。现在既然到了"神探"的家门口，而且在破案的过程中遇到了难题，应该找他谈谈。于是，刘光兵让侦查员小孟把车开到淮安市区，给这位"神探"打了个电话。"神探"听刘光兵说明了情况，立刻热情地约他到一家酒店去谈一谈，不见不散。刘光兵很顺利地找到了那家酒店。当晚，三个人杯来盏去，相谈甚欢。刘光兵一股脑儿地将侦查的进展情况以及遇到的困难讲述了一遍。对方细细地听了，面露难色。

他们共同进行分析研究，相互启发，最后终于茅塞顿开，找到了破案的途径！

那辆“别克”车不是从扬州一路开到了淮安吗？那就把这一路的监控录像调出来仔细研究一下。即使是同样牌子的车，外观上也会有所不同，就像人的脸一样，虽然上面都是一个鼻子、两个眼睛，组合起来也会有很大的差别。同样是“别克”车，也会有许多不一样的地方，比如有的车子会有划痕和被撞出的坑，等等。只要抓住了这些特征，就能向前迈出一大步。

而要想迈出这关键的一步，首先要从淮安警方那里了解一下“苏 HXX930”的车牌被犯罪分子盗窃的时间（这一点在淮安“神探”的帮助下很容易做到）。犯罪分子在盗取车牌之前，使用的应该是自己的真牌照。那么，我们就可以调阅车牌被盗的时间段内的监控录像资料，根据已经掌握的那辆“别克”车的特征，在大量的来往车辆中锁定目标。

这是一个行之有效的办法！

## （三）与“恶虎”争斗

刘光兵与侦查员小孟有些迫不及待，立刻通过监控录像对犯罪分子驾驶的车辆进行了细致的观察。最初的结果使他们大失所望：车牌号为“苏 HXX930”的“别克”车上既没有撞痕，也没有划伤。他们将高清图片左看右看，放大了再看，还是找不到半点儿与其他车辆不同的地方。正当二人有些绝望的时候，车辆的前挡风玻璃上的一个小贴画引起了刘光兵的注意。他将图像放大之后发现，贴画上面是一只棕黄色的小熊，小熊的背后有几棵翠竹。如今在车上贴各种贴画的人很多，贴画的内容各不相同，这是再正常不过的事了。但是，引起刘光兵注意的是，这辆“别克”车上贴的这个小熊的图案是微微有些向左歪的。刘光兵一下子兴奋起来，把桌子一拍："好得很！有这就足够了！"

小孟立刻明白了他的想法，高兴地说道："就是呀，这么明显的特征，我们怎么就没发现呢？"

车子的特征找到了，下一步就是对号入座了。

刘光兵通过淮安的"神探"，很快便联系上了车牌号为"苏 HXX930"的车牌的失主张先生。据张先生反映，3 月 27 日那天晚上，他带着老婆去影城看一部大片，八点半入场，十点钟左右散场。散场后，他们走出影城，发现车牌被人盗了，地点是楚州区世纪影城停车场。当晚他们就报了案。隔了一天，也就是 3 月 29 日，张先生重新补办了号牌。

张先生所反映的情况非常重要。张先生是八点半钟入场看电影的，十点钟左右散场出来，可见车牌是在八点半至十点之间被盗的。他的停车地点是世纪影城，犯罪分子的车辆应该在世纪影城周围活动过。于是，刘光兵请求淮安警方及相关部门予以配合，迅速调阅了周围一些路口的监控录像资料。经过整整一天的查阅和分析，他从两千多辆车中发现了一辆车牌号为"苏 HE23XX"的"别克"车，前挡风玻璃的左上角有小熊的贴画，微微有些歪。

毫无疑问，"苏 HE23XX"就是"苏 HXX930"的前身，犯罪分子在盗取了车牌号之后前往扬州，于 28 日夜里在扬州"锦江之星"宾馆的停车场撬盗了数辆轿车的后备厢。

目标已经明确，剩下的就是撒网捕鱼了。

"苏 HE23XX"的车主很快就被查到了。此人姓魏，淮安市人，四十多岁。刘光兵找到他时，他正坐在老板椅上高声大嗓地接电话。经调查得知，他是一家汽车租赁公司的老板，手中有各类轿车及货运卡车十七辆。刘光兵一说要找车牌号为"苏 HE23XX"的车辆的租车人，张老板立刻紧张起来，以为车子在外面出了交通事故。刘光兵向他解释说，不是交通事故，而是与一起盗窃案有关，请张老板务必配合。张老板毕竟是在场面上混的，识得大体，立刻表态说自己是守法公民，对公安机关的侦破工作一定全力配合！他看了电脑上的图片之后，确定无疑地说，“苏 HE23XX”是他的车，并让手下的人立刻查询车辆租赁记录。查询的结果是，3 月 27 日至 29 日，一个叫倪荣春的人以每天三百元的价格租用了此车。担保人倪永交了四千元的押金，租赁记录的后面附有倪荣春的驾驶证复印件和倪永的身份证复印件。

根据倪荣春与倪永的证件信息，刘光兵很快便掌握了这两名犯罪嫌疑人的相关信息。他们是淮安市楚州区大马乡人，一个在大马乡三组，一个在大马乡五组。倪荣春二十五岁，中专毕业，学的是车辆维修专业。倪永大专毕业，学的是酒店管理专业。倪荣春原来给别人开车，近期在一个汽车修理厂工作。倪永 2007 年曾在湖州先后数次闯入超市、饭店、烟酒店实施盗窃，被湖州市法院判处有期徒刑两年，于 2009 年被释放，目前无业。

4 月 8 日，警方通过深入侦查，摸清了倪荣春与倪永的行踪。刘光兵带领侦查员，在淮安警方的大力配合下，对他们两个人实施了抓捕。

下午三点，倪荣春正在修理厂里修车，满手机油地蹲在地上。刘光兵与侦查员小孟走进修理厂，问谁是倪荣春。一个修车的小伙子用手朝旁边的倪荣春指了指。刘光兵与侦查员走过去，叫了一声“倪荣春”。倪荣春抬头望着他们，问有什么事。侦查员小孟没等他反应过来便将手铐戴在了他满是油污的手上。

去抓倪永时，刘光兵他们费了一番周折。倪永本来应该是在家睡觉的，可是到了他家，他却不在。倪永的母亲已病故，他跟他父亲过。他父亲精神有些不正常，问他话时，神情跟常人不一样。他们又问邻居，邻居告诉刘光兵，倪永在别人家里打牌呢。刘光兵带着侦查员边走边问，弄清了倪永所处的位置——村里的一间棋牌室。棋牌室里烟雾缭绕，有两张桌子旁边坐着人。刘光兵让侦查员小孟守在外面，只身走进了棋牌室。他在身份证复印件上看到过倪永的照片，进入棋牌室后用目光扫了一下，立刻认出了倪永。刘光兵发现，倪永在他刚进门的时候就已经暗暗地注意他了。他用目光扫视的时候，与手里抓着牌的倪永对视了一下。与此同时，倪永迅速地起身离开座位，向后门跑去。刘光兵大喝一声“站住”，一边亮出手铐，一边追赶。倪永一脚踢倒了凳子，抬手将一张空着的牌桌推翻，然后拼命地往后门逃去。刘光兵追到门外，大喊：“站住，你是逃不掉的!”倪永根本不听，只是低着头没命地跑。刘光兵紧紧地跟在后面，侦查员小孟也赶了过来。三个人一条线，从村里追到村口，再追到村外。前面出现了一条大河，再往前就没路了。刘光兵断喝：“你跑不掉了，赶紧给我停下!”倪永跑到河边，毫不犹豫地扑通一声跳入了河中。刘光兵没想到这家伙会顽抗到底，只好紧跟着他跳到了河中。刘光兵游泳水平极高，蛙泳、蝶泳、自由泳全能。河不宽，他怕倪永一下子游过去爬上岸，一个急速蛙泳，箭一样游到了倪永背后，一把揪住了他的衣领。倪永哪肯就犯，回手一拳打到了刘光兵脸上。刘光兵一阵发晕，摇了摇头，立刻清醒了。他深吸了一口气，一个“鲤鱼跳跃”扑上去，将倪永按在了水中。倪永没想到对方来势如此之猛，咕咚咕咚地呛了两口水，回手死死地揪住刘光兵，扑打起来。刘光兵揪住他的头发，不让他冒出水面。一分钟不到，倪永便身子发软，不能动弹了。刘光兵立刻把他从水中拎了出来。这时，侦查员小孟刚好赶到，顺利地将倪永押上了岸。

## (四) 艰难的审讯

倪荣春一被抓获就将犯罪的经过一五一十地作了交代，可是倪永，审讯了整整一天都是零口供。民警问他叫什么名字，他不理。于是，民警只好把身份证复印件上他自己的照片指给他看，再把监控录像中与他有关的片段调出来给他看。可是，民警问照片和录像中的人是谁，他仍然不理。民警说：“你如果认为我们抓错了，可以申诉。你这样拒绝回答问题，只能说明你心里害怕却又负隅顽抗。”倪永翻着白眼儿望向天花板，来了个“充耳不闻”。

这是犯罪分子中的“死硬派”。据湖州警方告知，2007 年他因盗窃在湖州被抓获后，不仅拒不交代犯罪事实，而且借上卫生间之机，突然吞下一块从鞋底拔下的铁片，大嚷肚子疼，要求去医院抢救，企图达到保外就医的目的。警方迫不得已将其送到医院，经检查发现，是吞下了铁片所致，感到十分震惊。在服刑期间，倪永的表现一直十分恶劣，屡屡与看管人员发生冲突，最严重的一次是打伤看管人员之后，故意磕伤自己的胳膊，血流满地，诬赖说是被看管人员殴打所致。他在狱中大闹，要求给予赔偿，严惩看管人员，性质十分恶劣。了解了倪永的这些劣迹之后，刘光兵决定亲自对倪永进行讯问。倪永最后终于开口说话了，但只说了三个字“我服你”。

刘光兵看了他半天，最后微笑道：“我理解你的心情。其实你不是服我，而是恨我，因为我抓捕了你，对吗？你恨我，我不怪你，但你要想到，作为一名公安民警，我的职责就是破案，将不法分子抓获归案。如果你想逃，那么我肯定要追，一直追下去，因为这是我的工作，你说是不是？”

倪永望了刘光兵一眼，神情很复杂。

讯问仍然是没有结果。

刘光兵知道，这种“老牛肉”要慢慢煨，煨上几次才能煨烂，急不得。讯问结束后，他悄悄地叮嘱看管人员，这是个亡命之徒，务必要小心，一丝一毫都不能大意。

再一次提审，进行到一半时，倪永突然喊肚子疼，身子往椅子下面出溜。负责讯问的民警严厉地警告他，要他赶快起来老实交代，不许耍花招。

倪永不仅不理，反而索性躺到了地上。负责讯问的民警发现他额头上冒出了汗珠，摸了摸他的头，觉得很烫，于是问他到底哪儿疼。他身子蜷曲着，指了指右侧的腹部。负责讯问的民警知道他是真的病了，而且病得不轻，便立刻向上级汇报。刘光兵得知这一情况后，立刻吩咐民警为他办理相关手续，并派三名民警带他前往附近的一家医院就诊。经过检查，医生诊断他为急性胆囊炎、肝囊肿、肝移位，需住院治疗。住院需要预交一笔费用，可是去住院处办理手续的民警带的钱不够，刘光兵立刻将自己的工资卡掏出来，递了上去："就刷这个。如果不够，立刻告诉我。"倪永的胆囊炎很重，有可能穿孔。刘光兵得知这一情况之后，请求医生赶紧采取急救措施，并递上警官证，请医生放心，相关的费用会立马补上。医生见他说得如此恳切，倪永的病情又确实很严重，就立刻给倪永打上了点滴。倪永在医院一共住了六天。按照规定，他被院方关在专门的铁笼子里。刘光兵一再叮嘱看守人员，要悉心照顾，及时给水、喂药并让他吃饭。到了第四天，刘光兵下班后去医院看他，路上还给他买了半斤盐水鹅。吃晚饭的时候，看守人员对他说："盐水鹅味道不错吧！你知道是谁给你买的吗？告诉你，是我们刘所长！刘所长可是一点儿没把你当犯人待呀，那天在医院还亲自为你找医生说情呢。要是迟一点点，你的胆囊就穿孔了，开膛破肚灌大肠，够你受的！"那顿饭倪永吃了很长时间。吃到最后，他突然抬起头，对看守说："请你带个话。"看守一愣，问带什么话。倪永说："让刘所长明天来一下，我有话要对他说。"

刘光兵了解到这一情况后，知道倪永的内心起了变化，第二天早早地就赶了过来，路上还在冶春茶社给倪永买了四个"三丁包子"。到了医院，刘光兵问他身体好些了没有，并把包子递给他，嘱咐他要趁热吃。他没有去接包子，而是看了刘光兵半天，最后开口道：

“刘所长，我有问题要向你交代。”

刘光兵知道时机已经成熟，对他说：“你有这样的想法，很好。还是先把包子吃了吧，吃了再讲也不迟。”

倪永不肯吃，立刻讲了起来。

## （五）倪永案的启示

所有的错误都是从赌博开始的。

倪永长期以来一直喜欢玩儿一种扑克牌游戏：掼蛋。这种游戏是由四个人一起来玩儿的，两个人一家，可以赌钱。倪永上大专时学的是酒店管理专业，毕业后在淮安的一家宾馆里干了半年保安。他嫌收入太低，就不干了，回到了乡下的老家。他在老家没事做，还要整天面对精神不太正常的父亲，觉得没意思，就跑到棋牌室去玩儿。倪永本来就喜欢打牌，一玩儿起来就不想回家，每天在棋牌室从开门一直玩儿到关门。在棋牌室打牌都是“带彩”的，他先是小赌，日子长了就玩儿上瘾了，手里一旦有两个钱，就赌大的。有时输光了，他还不肯罢休，想翻本，就硬拉着人家再玩儿，弄得人家没办法，只好陪着他玩儿。后来，人家知道他的母亲去世了，父亲又精神不正常，他自身也没有什么经济来源，就都不太愿意再跟他赌，尽量避开他。倪永见大家这么待他，很受刺激，一气之下离开老家，又跑到了淮安城里。

这一回他没有做保安，而是跟一个朋友学修汽车。这个朋友表面上开一个修车铺，实际上专干一些偷鸡摸狗的事，比如偷电缆、偷自行车、偷电动车、偷烟酒店里的货物……手里有两个钱，常常带着倪永去吃吃喝喝，或者找几个人打牌。牌桌上，倪永跟他联手，总能赢钱。有一次，对家嫌倪永出牌不规矩，和他吵了起来。倪永把眼睛一瞪，动起手来，把人家的鼻子打得哗哗流血。为这事，他在派出所里蹲了一天。再后来，他的这个修车的朋友犯了事，进了班房，他就开始自己单干了。第一次，他半夜砸了人家的车窗，偷了一台笔记本电脑。他把笔记本电脑低价卖了，用卖电脑的钱吃喝玩乐了一阵。他学过修车，又会开车，对车子的性能比较熟悉，第一次砸车窗又“马到成功”，于是他便大刀阔斧地干了起来。2007 年，他在淮安连续偷盗了几次，公安局查得紧，他有些害怕，所以想跑到湖州的朋友那里躲避一下。到了湖州，一开始他手里还有些钱，经常跟朋友一起吃吃喝喝或者到棋牌室去赌钱。可是没过多久，他就把钱挥霍一空，连吃饭的钱都没有了。于是，他就到超市、酒店、烟酒店去进行偷窃，结果被湖州警方抓获，判了两年徒刑。2009 年，刑满释放后，倪永没有洗心革面，而是旧病复发，重新走上了罪恶的偷窃之路。

2010 年 2 月下旬的一天，倪永在棋牌室里不但把口袋里的钱输得精光，而且还欠了一屁股债。回家后，他饭也不吃，躺到床上就睡。父亲叫他，他也不理。隔了一天，他找到了邻村的朋友倪荣春。倪荣春会开车，有驾驶证，跟他一起在外边混过。他跟倪荣春说：“想办法出去弄些钱如何?”倪荣春晓得他的意思，犹豫了一下就答应了。于是，两个人找了一家小酒馆，喝酒商量。他们决定先租一辆车——有车活动方便，一遇到机会就可以下手。租车要付押金，可是倪永衣袋里没有钱，倪荣春也是身无分文。倪永走投无路，最后找到了自己的舅舅，一开口就要问舅舅借五千块钱。舅舅知道他好赌，不愿意借给他，推说自己没钱。倪永早就猜到舅舅会这么说了，于是将一张提前写好的借条拍到舅舅面前说：“舅舅你别用老眼光看人了，我这是跟朋友合伙做一笔生意，包赚不赔。顶多一个月，一个月后借五千还一万，我说话绝对算数!”舅舅有些疑惑，但面对自己的外甥，一想到他妈妈已经过世了，心一软，就把五千块钱借给了他。借给他钱的时候舅舅就想好了，这五千块钱权当是丢了，根本不指望他还。可是没想到只过了十天倪永就来找他了，一下子就还给了他一万块钱。舅舅当时就愣住了，也没细问他做的是什么生意就把钱收下了。

原来，倪永得到他舅舅的五千块钱之后，付给汽车租赁公司四千元的押金，租了一辆“别克”车，并和倪荣春一起将车开到了泰州。他们在泰州待了十几天，在不同的时间、不同的地点分别撬盗了四辆汽车的后备厢，获取了一批赃款、赃物。就在这时，汽车租赁公司因他们租赁的车辆逾期了，打电话找他们。他们付了汽车的租金，将车续租下去之后，便回了淮安，把借的钱还给了倪永的舅舅。

倪永与倪荣春在老家待了没几天就去了扬州。在去扬州之前的那个晚上，两个人将车开到位于楚州区的世纪影城，准备看一场电影。倪永见影城前停了好多车，便突发奇想，盗走了车牌号为“苏 HXX930”的轿车的号牌。他们连电影都顾不上看了，把车开到一个僻静的地方，用手机的荧光屏照着，拆下了自己租的“别克”车的号牌，换上了偷来的号牌。当晚，俩人在路边的五金店里买了两把起子，临时决定立刻去扬州。

到了扬州，已经是 3 月 19 日的夜里了。他们在一家旅馆里住下来，一直睡到了第二天下午。3 月 20 日下午，他们在扬州市西城区的一家洗浴中心洗了洗澡，然后一直躺到了晚上。当天夜里，他们来到扬州市西城区的一家宾馆的停车场，撬盗了三辆小轿车。当他们撬开第四辆车的车门时，车上的报警装置响了起来，吓得他们立刻就跑了。三辆被盗的轿车里有两个手提包以及物品、现金若干。

十天之后，他们又驾车窜至扬州东城，于 28 日夜里在“锦江之星”宾馆的停车场对车辆进行撬盗。作案之前，他们为了避开周围的监控设备，把车子停在了宾馆的西侧。凌晨三点钟左右，他们发现宾馆门口空无一人，停车场上一片寂静，且灯光昏暗。于是，两个人带着起子，一先一后向轿车走去。他们先后撬盗了六辆轿车，其中两辆撬开了车门，四辆撬开了后备厢。他们盗窃了“中华”牌、“芙蓉王”牌、“红金龙”牌、“红双喜”牌香烟若干，“茅台”酒四瓶，“五粮液”酒两箱，照相机一部，还有现金两千元。

他们偷盗的物品很多，需要从容处理，加之出来近十天了，所以他们决定打道回府。他们马不停蹄地经扬州大桥出了扬州城，在江都上了京沪高速公路，直奔淮安方向而去。到了淮安境内，天已放亮。他们转上乡道，直奔楚州区大马乡。

回家后，倪永与倪荣春天天在小酒馆里吃喝，在棋牌室里赌钱，以为可以过上几天快活日子了，可是没想到，法网恢恢，疏而不漏，扬州运东派出所的刘光兵早已盯上了他们，带着侦查员一路追踪而来，很快便将他们捉拿归案了。

陈欣跟着“经理”走出去没多远，便下意识地回头看了看。这一看，可让她丢了魂——刚才站在那里的两个人不见了……

# 九、邪恶团队

因为写作这篇报告文学，作者与刘光兵有了不少接触。越是走近刘光兵，走近刘光兵的工作，走近刘光兵的“神探人生”，就越能感受到他身上的那种超凡的智慧和神奇的力量。

在刘光兵侦破的案件中，有大量的诈骗案，每一宗诈骗案的侦破都显示出了他非凡的能力。

骗子往往不是一个人作案，而是“集体运作”，你必须要有超凡的智慧才对付得了他们；骗子躲在暗处，警察处于明处，以明对暗，难上加难；骗子往往没有固定的作案现场，不像凶杀案的凶手那样多多少少会留下一些痕迹……所以，不少诈骗案的侦破甚至比凶杀案的侦破还要难。另外，随着科技的发展，通信十分发达，诈骗者的手段越来越多，并且善于借鉴，往往会把别人的手段拿来用——所有这些都会给诈骗案的侦破工作增加难度。

接下来的这个案件，从犯罪分子的角度来看，应该是报刊上报道的案件中少见的“精彩案例”；而从刘光兵的角度来看，则是他打得最漂亮的一仗。

我们得慢慢道来。

2012年3月27日下午一点多，一位气质高雅、谈吐不俗的女子气喘吁吁地走进运东派出所，称她在扬州汽车东站等车时被一伙人骗了。

接警的正是运东派出所副所长刘光兵：

“等车怎么会被骗呢？你不要着急，慢慢说。”

女子坐下来，定了定神，理了理头绪，将被骗的过程述说了一遍。

这名女子是江苏镇江人，叫陈欣。当天下午，她乘车到扬州汽车东站，准备换乘去如东的汽车。在扬州汽车东站，她买好了下午一点五十分去如东的车票，便坐在候车大厅里等候。这时，坐在她旁边的一个三十多岁的小伙子和她搭讪，问她是不是去如东。陈欣见此人个头很矮，不到一米六的样子，就没有提防，说自己确实要到如东去。矮个子男子告诉陈欣，他是来出差的。陈欣见他带着大包小包的东西，确实是出差的样子，便没有怀疑。过了一会儿，陈欣见快要到发车时间了，就去了趟厕所，准备上车。

从厕所回来，陈欣注意到，那名矮个子男子不知到哪里去了。当然，这没什么可奇怪的，候车大厅里本来就人来人往，人员的流动性很强。

车子还没到，陈欣只好继续等。这时，有个三十二三岁的小伙子在她旁边打电话，声音很大。陈欣没有故意去听他打电话的内容，但还是听出了大概意思：去如东的车晚点了，小伙子在电话里和对方商量，似乎是在共同想办法去扬州汽车西站搭乘开往如东的车。打完电话之后，小伙子便离开了。

（为了表述方便，我们暂且将先前的矮个子称作“A”，将后来打电话的这位称作“B”。）

B走后，A走了过来。A主动对陈欣说：“如东的车晚点了，刚才大喇叭里通知了。你去厕所了，没有听到广播。”A还“热心”地告诉陈欣，可以退票，也可以去马路对面搭乘从西站过来的车，凭在这里买的车票照样可以上车。虽然镇江和扬州只是一江之隔，但陈欣以前很少到扬州来，对扬州不是很熟悉。她刚一听说车子晚点了，心就慌了，没了主张。这时有人“热心”地指点，她就像抓住了救命稻草一样，不由自主地跟着他走出了候车大厅。当时还有两个小伙子和她一起走了出来，看样子也是因为车子晚点而焦急不安，想出去看看能不能搭上从西站开来的车——这大概是从众心理的一种表现吧。

到了车站外面，刚才那个在车站里打电话的小伙子（B）又在打电话，离陈欣站的地方很近。陈欣能非常清晰地听到他打电话的内容：“什么？车子已经上高速了？那我怎么办？老婆你帮我想想办法啊，我这儿有两个客人有急事要走呢。”原来，刚才A听从了B的“建议”，准备搭乘从扬州汽车西站开来的车去如东。然后，A有了去如东的办法，还“好心”地邀请陈欣和他一起走。不过，这时，从B的通话中可以听得出来，西站那边的车本来是经过东站的，但今天因为客满了，车子就直接上了高速路，往如东方向去了。B是在和自己的老婆通电话。也不知道他老婆为什么这么有能耐，竟然安排了一辆旅游公司的车送他们去如东。

事情到了这个地步，折腾了大半天，陈欣也顾不上自己手里的车票到底能不能在旅游公司的车上用了，只要能早点儿赶到如东就行了。

不一会儿，B又接了个电话，大致内容是：旅游公司的车联系好了。收了钱，B就打车带着她和A到明发广场上等旅游公司的车。

到了明发广场，一位自称是旅游公司经理的人走了过来，问他们三个人是不是要去如东，A连忙回答说：“是。”“经理”说，公司的车马上就到，A连忙道谢。“经理”又说，坐他们公司的车要买两元钱的保险，但目前情况特殊，不能用现金，只能刷卡，让他们随便派一个人跟他去办一下就行了。

A 自告奋勇地说："我去。"于是，A 便跟着"经理"走了。陈欣和 B 留在原地等着。过了一会儿，A 匆匆地跑了回来，一脸的慌张："吓死我了！公司里全是警察，还有检察院的人，说是查公司领导的经济问题。任何人都不许带东西进去，说是怕公司领导的家属贿赂检察院的人和公安民警。"说完，A 将自己的手提包交给了陈欣："麻烦你帮我看一下包，我去去就来。"又过了一会儿，A 匆匆地跑过来说，他带的卡刷不了，得重新拿一张卡去。A 从陈欣的手中拿过自己的包，重新取出一张卡，然后把包交给陈欣，又去刷卡了。又过了一会儿，A 满头大汗地跑过来说："终于刷好了，真费事！"不过 A 又对陈欣和 B 说："不好意思，刷卡是实名制，只能刷自己的卡，而且要自己去办，我想做好事也没做成。只好麻烦你们自己跑一趟了，就在旁边的那个楼。"A 指了指旅游公司的大楼。

这时，那个"经理"又来了，让他们赶紧去办手续，说车子马上就要到了。陈欣和 B 被"经理"这么一催，心里有点儿紧张，恨不得立即就把手续办好。

轮到陈欣去办手续了。因为前面有过 A 刷卡没成功的教训，所以"经理"怕陈欣的卡也不好刷，白白浪费时间，便解释说，最近网络出了点儿问题，刷卡总是不太顺利。他建议陈欣把自己银行卡号的后四位数报一下，他打电话过去查一下，看看这卡能不能刷。陈欣报了卡号的后四位数，他又问："密码呢？""密码是 518518。"陈欣想也没想，就说出了自己的银行卡密码——反正大家都在，不会出什么问题的。再说，银行卡在她自己手里，没必要紧张。"经理"通过电话报了她的银行卡号后四位数，又报了密码。对方很快就告诉他，这卡刷不了。于是，"经理"问陈欣："还有其他的银行卡吗？"陈欣又从包里抽出了一张银行卡，又报了卡号的后四位数和密码。“经理”又打电话咨询，结果还是不能刷。不得已，陈欣只好拿出第三张银行卡，又按上面的程序报了号码，“经理”再和那边联系，那边回答说这张卡可以刷，于是“经理”就带着陈欣去刷卡了。陈欣想，耽误不了几分钟时间，就没把包带在身边。另外，A说过，不能带任何东西进去。再说了，他们刚才不也很信任她嘛！陈欣跟着“经理”走出去没多远，便下意识地回头看了看。这一看，可让她丢了魂——刚才站在那里的两个人不见了。她本能地回头去追，可他们已经没了踪影，她的行李也不见了。她这才意识到自己被骗了，又回过头来去追“经理”，可是这时“经理”也已经消失得无影无踪了。

原来，先后出现的A和B以及后来出现的“经理”是一伙的，他们都是大骗子！

陈欣彻底蒙了，急忙来到运东派出所报案。

刘光兵听了陈欣的陈述，简单地分析了一下。看来，几个骗子是用了欲擒故纵、调虎离山、金蝉脱壳、偷梁换柱等多种计谋。他们用这些计谋对受害人进行轮番“轰炸”，再清醒的人也会被轰炸得晕头转向。

刘光兵还是第一次碰到如此天衣无缝的骗术，看来骗子的骗术“转型升级”得很快啊！面对复杂的案情，刘光兵有着超乎寻常的斗志和激情。破案对他来说，就像是破解一道环环相扣的数学题，他对这样的难题充满了兴趣。著名侦探李昌钰说过：“真正的生活艺术大师，绝不会在他的工作与游戏、劳动与休闲、身体与心智、教育与娱乐、爱情与宗教之间画上泾渭分明的界线。他的任何作为，都只是为了追求既定的目标。至于是工作还是娱乐，他根本不管，留给其他人去判断，他自己是两者兼为。”毫无疑问，刘光兵也在这样的工作和游戏之中获得了极大的乐趣。

据刘光兵分析，陈欣的银行卡在骗子手上，密码也给了骗子，那么骗子一定会在最短的时间内以最快的速度在最近的地点取出银行卡里的钱。于是，他没作停顿，直奔离事发地点最近的银行。

除了事发地附近，最近的银行就是工商银行曲江分理处——骗子当然不会在事发地附近取款。刘光兵调看了自动取款机附近的监控录像，果然发现一名男子用陈欣的卡取走了钱。刘光兵让陈欣辨认，陈欣一眼就认出来，取钱的人就是后来出现的那名男子，也就是我们前面所说的“B”。

陈欣对刘光兵佩服得五体投地：“刘警官，你怎么知道骗子会在这里取钱?”

“你想啊，骗子的目的就是骗钱，所以他们一定会在最短的时间里把钱取走——总不能傻到等你报案了或是到银行去挂失了再去取钱吧！所以，他们一定会到最近的银行去取钱。附近的银行不少，我们碰巧查到了这家银行，这有运气的成分在里边。当然，即使没有在这里发现他们，也一定会在其他银行找到他们的踪迹。”刘光兵心想，现在佩服我为时尚早，等我把骗子捉拿归案你再佩服我吧。

陈欣也没心思去如东了，她和那边通了电话，说暂时不去了，在扬州等两天，看看情况再决定行程。

取走钱之后，骗子会到哪里去呢?

按照惯例，骗子得手之后一定会远远地离开这里，至少要离开这个城区，到另一个城区去。但是，偌大的城市，到哪里去找这些骗子呢?

刘光兵还是想到了调看监控录像。

如果把城区的监控录像统统看一遍，一定会发现骗子的踪迹，但是要看到什么时候才算完呢？侦查诈骗案和侦查其他案件一样，时间越长，破案的难度就越大。现在必须尽最大努力判断骗子有可能在哪里出现，在最短的时间内发现骗子。

刘光兵调看了那个时段扬州汽车东站的监控录像，一下子就发现了那名与陈欣搭讪的男子。此人背一只双肩背包，上身穿一件深色紧身衣，个头儿与陈欣差不多高。“就是他！”陈欣看到放大后的头像，一下子激动起来，眼里全是怒火。

经过与取款机附近的监控录像进行比对，刘光兵认定，这个人就是取款的那个人。现在基本上掌握了嫌犯的外貌特征：个头不高，长脸，嘴唇有点儿上翻，眼睛不小，头发不长不短……

但是，只在扬州汽车东站的监控录像中发现了嫌犯的踪迹，其他地方的监控设备没有记录下他们的影像。

陈欣最后被骗的地方是明发广场，看看那里的监控录像吧！广场上没有探头，离广场最近的一个探头位于广场北边的路口。这里是一个丁字路口，“丁”字的一横就是328国道，“丁”字的一竖在路的南面，路东便是明发广场。路口处有一个探头正好朝南，可以监控广场附近车辆进出的情况。

根据陈欣提供的时间，刘光兵调看了那个时段的监控录像。由于距离较远、进出的车辆太多，而且探头像素不高、清晰度不够，所以没有发现什么异常情况。刘光兵翻来覆去看了十多遍也没看出什么名堂，一旁的陈欣更是看不出个所以然来。刘光兵关掉录像，让眼睛休息了一会儿。他在自来水龙头下冲了一下脸，又继续打开录像，眼睛一眨也不眨地盯着屏幕：“我就不相信这帮人会长出翅膀飞了！”一般来说，嫌犯如果想以最快的速度离开现场，就一定会借助交通工具。他们的交通工具无非有两种：自备的车和出租车。刘光兵认为，他们自己准备车的可能性不大，因为自备的车容易被发现，从而被跟踪。从犯罪的手段来看，他们一定是惯犯，因为惯犯都是很小心谨慎的，不会冒冒失失地开着自己的车出来作案。那么，作案用的车辆很可能就是出租车了。刘光兵再次看录像的时候，终于发现了一点点异常：有一辆貌似出租车的小汽车从南北路的西侧越过南北路，向东侧的广场上驶去。刘光兵对这一带的地形太熟悉了，西侧没有出口，车子一般是不会从那里走的。可是，这辆车为什么会从那里走呢？这有点儿不对头。过了不到一分钟，这辆车又从路东侧的广场开出来了，向北朝着路丁字路口行驶，正好与路口的探头“撞”上了。这辆车绝对有问题！一定是有人在广场的西侧叫了辆出租车，到广场的东侧接上人就赶快走了，这十分符合犯罪分子“想迅速逃离现场”的心理。车子离得越来越近，从外形看，确实是一辆出租车。这时，正好红灯亮了，该车在路口停了下来。但是，在这辆车的前面停了一辆卡车，正好把这辆车给挡住了。刘光兵不敢有丝毫的分神，等着绿灯亮时卡车开走了好仔细看看后面那辆车。绿灯亮了，卡车开始启动，后面的那辆小车也向左拐，沿328国道向西驶去。但是图像不是很清楚，刘光兵没能看清车牌号，只能分辨出确实是一辆出租车。

再看一遍！这一看，虽然还是没能看清车牌号，但是发现了一个重要线索：车子前挡风玻璃的右侧有一个白色物件，比常人的巴掌大一点儿。

一定要找到这辆有白色物件的车子！

先预计一下，骗子得手后很有可能会立即离开扬州——这也算是赌一把吧，有时候破案就是要和犯罪分子赌运气、拼智商、拼手段。如果骗子真的想离开扬州，就一定会走最便捷的一条路——328国道。

328国道上，在城区内有十多个监控摄像头。没有什么可投机取巧的，只能下死功夫，一个摄像头一个摄像头地看。

从这个丁字路口向西，第一个重要关口就是扬州大桥卡口，那里的探头清晰度高，所有的过往车辆都逃不过它的“眼睛”。

刘光兵根据时间推算，调出了相应时段扬州大桥卡口附近的监控录像资料，很快就发现了那辆右前挡风玻璃处有白色物件的出租车。现在看清楚了，那个白色物件其实就是一卷手纸。车牌号也看清楚了——“苏 KW61XX”。找司机！刘光兵立即通过系统内的网络查到了该出租车的司机。在电话里，司机告诉刘光兵，他在明发广场一共拉了四个人，外地口音，像是湖南一带的。到了曲江工商银行门前，停了一下，其中一个人在取款机上取了钱，然后上车继续往西去了。

“他们有没有说要去哪里？”刘光兵问。

“没有。他们只说朝前开。”对方回答。

“你接上那几个人后是在哪里停的车？”刘光兵问。

“在欧尚超市附近。”对方回答。

“他们上车后有没有对你说要去欧尚超市？”刘光兵问。

“没有。”对方回答。

刘光兵分析，他们没有说出具体的停车地点，说明他们确实是一伙外地人，对扬州不熟悉，只是随便找了个地方停车。

那么，在欧尚超市附近下了车之后，他们又去了哪里呢？我们知道，监控探头不可能完整地记录下一个人或一辆车的行踪。按照他们行走的路线可以判断出，这伙人继续向西去的可能性非常大。

如果真是这样的话，那么到扬州汽车西站还要经过好几个路口，沿途有不少探头。而扬州汽车西站是一个重要的交通枢纽，骗子很可能会从这里乘车去南京或镇江。所以，突破口可能就在这里。

可是，调看监控录像可不是一件轻松的事，可不像看故事片那样有趣。监控录像中车来人往，让人眼花缭乱，一会儿头就晕了。看监控录像时要集中注意力，一个镜头都不能漏掉，并且要动脑筋，根据录像中的画面进行分析和判断，找到蛛丝马迹。刘光兵因长年查阅视频资料，导致颈椎增生，挤压颈部椎动脉，造成脑供血不足，得了眩晕症。这么多的录像看下来，长时间地集中注意力，累得他眩晕症都犯了。没办法，他只好停下来，清醒一下，然后再继续工作。

忽然，监控录像中的一个镜头让刘光兵眼前一亮：一辆自西向东行驶的出租车停在了路的南侧，接上几个人之后，掉头向西驶去。按照常理，这几个人向西去，应该在路的北面等出租车，这样更方便快捷，可是……这里面有文章！刘光兵将画面倒了回去，想再看看这几个人是从哪个方向来的。然而，这几个人刚一出现就被一辆公交车给挡住了，时间大概在三秒钟左右，根本没法看清。录像中的这几个人显然是一伙的，他们是四个人！

这就是刘光兵的高明之处！在他眼中，任何细微的、看似无用的信息都有可能是最有用的东西。

车子向西驶去，留下一个背影，刘光兵也没能看清这辆出租车的车牌号。然而，这个背影却让刘光兵发现了破绽：他透过车子的后挡风玻璃看到，车里塞满了东西，应该是行李。这些东西肯定不是出租车司机的，哪个司机会在出租车上放这么多东西？那么，这些东西一定是乘客的。陈欣报案时说过，这些人都带着行李，像是要出远门。这辆车上的行李会不会就是那伙人的？目前只能作出肯定的判断。他们之所以将行李放在后挡风玻璃下面，是因为行李太多，后备厢里放不下。另外，这些人大概是怕将行李放到后备厢里会耽误时间，所以就直接放到了这里。

这辆车向扬州汽车西站方向驶去。刘光兵按图索骥，以车找人，以行李找车。

在某路与 328 国道的交汇处有一个高清探头。刘光兵找到了这辆后面放着大量行李的车，并且看清了车牌号。

"不会吧！"刘光兵看到这辆车的车牌号之后，在心里嘀咕了一下。这是怎么回事？这辆车的车牌号是"苏 KW16XX"，难道和前面的那辆车是同一辆车？刘光兵翻开记录本一看，才发现不是——前面那辆车的车牌号是“KW61XX”，而这辆车的车牌号是“KW16XX”，只是相似而已。如果这辆车上坐的还是那伙人，那可真是见鬼了。

“这也许是个好兆头，预示着这个案子会顺利地拿下来。”刘光兵这样安慰着跟在自己身后的陈欣，同时也在给自己打气。

再次给司机打电话时，司机说确实在欧尚超市附近拉了四个人，他们是快到扬州汽车西站时下的车。至于他们下了车之后往哪儿去，他没有注意。

这再一次验证了这伙人的精明，他们一路上不停地倒车，就是为了反侦查，真是老手啊！但是，对于猎人来说，碰上这种老狐狸，更能激发起斗志。想到他们正坐在车里自鸣得意，刘光兵不由得怒火中烧。

从方向上来看，他们是想逃往南京或者镇江。刘光兵判断他们很有可能会在扬州汽车西站附近上车，因为这里往南京和镇江方向去的班车和出租车都很多。

刘光兵坚信自己的判断：他们一定是往扬州汽车西站去了。那么，他们一定会在西站附近留下蛛丝马迹的。

果然，刘光兵从一家宾馆的监控录像中发现，有一个人在路南拦下了一辆向东行驶的出租车，然后招呼路北的三个人一起上了车。随后，这辆出租车掉了个头，向西驶去。

又是四个人！又是反方向拦车！这两个要素叠加在一起，让刘光兵更加坚信自己的判断了——就追这辆车！

因为距离实在太远，监控设备没能记录下这辆车的车牌号。怎么去追这辆车呢？根据车子拐弯的弧度，刘光兵断定，这辆车是往镇江方向去了。

不过，刘光兵明白，嫌犯狡猾得很，既有可能去南京，也有可能去镇江，一旦判断错误，就会追错了方向，从而错失良机。

刘光兵决定，还是得想方设法弄清这伙人乘坐的这辆车的车牌号，然后再决定如何行动。

通过调阅清晰度较高的监控录像，刘光兵查到了这辆车的车牌号——“苏 KW56XX”。他再次查到了司机的联系方式，把电话打了过去。

刘光兵在电话里说明了情况，司机立即向刘光兵说明了情况。

27 日下午，他在扬州汽车西站拉了四个外地人，去了镇江。这几个人操着外地口音，像是湖南一带的口音。他们行李很多，到了镇江火车站广场就下车了。

“具体是在哪里下的车？”

“这样吧，我带你去。”司机热心地提出要带刘光兵去镇江，刘光兵十分高兴。事后才得知，该车司机是扬州“爱心车队”的队员，还当选过“见义勇为标兵”，在出租车行业很有名气。刘光兵感慨不已，一是感慨扬州好人多，二是感慨自己运气好，总能遇到一些机缘凑巧的人和事，这会对他的办案工作有很大帮助。

时间已经是第二天上午，刘光兵在“苏 KW56XX”的司机带领下开车来到镇江，将车停在了出租车先前“下客”的地方。刘光兵下了车之后，环视着四周。嫌犯不是乘火车逃跑了，就是暂时住了下来。如果是乘火车逃跑了，那么火车站里的监控设备一定会捕捉到他们的身影。然而，刘光兵调看了那个时段的监控录像之后，却没有发现这几个人的影子。难道他们通过其他途径离开了镇江？不一定，他们有可能就在镇江住了下来。

不管怎么说，要掌握他们的动向，还是要从火车站广场的监控录像入手。广场上有五个探头，刘光兵分别调取了那个时段的监控录像资料。其中的一个探头清楚地拍下了四个人从车牌号为“苏 KW56XX”的出租车上下来的情况，时间是 2012 年 3 月 27 日下午三点五十三分。他们下了车之后，向镇江的维也纳宾馆走去。

就在这里！刘光兵来到了这家宾馆。宾馆的服务员告诉他，前一天确实有四个人入住，但是只开了一个房间，早上就退房走了。刘光兵十分懊恼：晚了一步！

刘光兵调看了客人登记簿上的信息：陈某某，广西人。不对呀，难道用的是假身份证？几个目击者都说这几个人是湖南口音，现在怎么冒出了个广西人？刘光兵又问了一下身边的出租车司机，司机百分之百地肯定那几个人是湖南口音。

怎么回事？

刘光兵当即上网检索，把广西陈某某的身份证照片检索出来了。陈欣不认识此人，出租车司机也说他不像那四个人中的任何一个。

果然，这几个人是用假身份证登记入住的。

刘光兵冷静下来，上网一查，有了重大发现：就在这几天，江浙一带发生了好几起类似的案件，作案手段差不多，受害者都是单独外出的女性。有门儿！这几个人就在这一带活动！

于是，刘光兵又上网请求协查广西陈某某在江浙一带的住宿登记情况。这一查，刘光兵眼前一亮：陈某某的名字在江苏、浙江的宾馆记录中出现过十多次，当天他的名字出现在常州的一家宾馆！

刘光兵火速赶往常州，找到了那家宾馆。然而，情形与镇江一样，他们用陈某某的身份证登记住宿，然后退房离开了。

再查，陈某某的名字又出现在浙江嘉兴新洲国际大酒店。这是一家五星级酒店，这几个人一定是弄到钱了，开始大手大脚地住高档酒店逍遥快活了。不能再等了！刘光兵立即与所里联系，组织人马，直奔嘉兴。

再说那几个嫌犯，此时确实躺在嘉兴新洲国际大酒店的大床上分享着这一次取得的辉煌战果。

在扬州骗陈欣的前一天，也就是3月26日，他们就在南京骗了一名吉林女子，得到了两部手机、两枚金戒指、一条金项链、一副手镯、一部相机，还有现金一万多元，以及八张银行卡，并从卡里取走了六千元钱。

他们在扬州骗了陈欣之后，就来到了镇江。在镇江，他们收获颇丰：用陈欣的银行卡取了一万多元钱。陈欣的包里还有两千多元现金、一个“LV”背包、一个“LV”钱包、一根“LV”皮带、两枚戒指、一根项链、一副耳钉和一部“苹果”手机……

骗了陈欣之后，他们直奔镇江。然而，他们并没有就此罢休，在离开镇江之前又在镇江汽车站“干了一票”，顺走了一名云南女子的一条手链、一个钱包、一部数码相机、一部手机和一张银行卡，并把卡里的钱都取了出来，总共捞到了两万多元钱。

当天，他们又来到常州，用同样的手段骗了一位来常州开会的江都女子，骗走了一万多元现金，还有两张农行卡、三张工行卡、两张建行卡、一张中行卡和一个中行存折，以及六七张定期存单……他们总共取出了八万多元钱。

常州“告捷”之后，他们又来到了浙江湖州，骗得了一名湖州女子的三块手表、一条手链、两张中行卡、一张招行卡，还有一千六百元现金。这次他们通过刷卡得到了两万两千元……

真可谓“所向披靡”啊！

他们决定稍事休息，然后再开始“新的行动”。于是，他们入住了五星级的嘉兴新洲国际大酒店。

他们自以为作案手段很高明，天衣无缝，警察根本就找不到他们。此刻，他们正躺在床上大谈而特谈胜利成果，没想到以刘光兵为首的扬州警察从天而降，彻底击碎了他们的发财梦！

受害人陈欣一直跟着他们到了浙江嘉兴，亲眼目睹了刘光兵他们捉拿这伙人的全过程。她说，她本来已经对找回自己的财物不抱任何希望了，没想到刘光兵他们真的帮她找回来了。她对刘光兵的感激和佩服，无法用语言来形容。

现在我们再来认识一下这几位落了网的“计谋专家”：

牛利群，男，1978年出生，湖南祁阳人，小学文化。他就是上文提到过的“B”。

曹辉岳，男，1980年出生，湖南祁阳人，小学文化。此人就是上文提到过的“A”。

王安民，男，1965年出生，湖南祁阳人，初中文化。此人在行动中主要负责打车跟在其他同伙后面。同伙一旦得手，他就用出租车接上同伙，逃之夭夭。

沈杰，男，1987年出生，湖南祁阳人，初中文化。此人就是上文所说的“经理”。

这几个人文化程度都不高，为什么会屡屡得手呢？要知道，受害人中还有硕士研究生呢。

当然，他们骗术高明、手段多样是一方面，受害人警惕性不高也是一方面。

事后，刘光兵对陈欣说：“其实有好几次机会，你如果把握住了，就不会被骗了。首先，他们告诉你车子晚点了，你怎么不与车站方面的工作人员核实一下呢？只不过是举手之劳，就不会发生后面的事情了。其次，买保险时只能刷卡，不能交现金……如果你是个聪明人，稍微考虑一下就会觉得不对头——为了两块钱就非得刷卡不可，这样的事你不觉得蹊跷吗？第三，难道就因为别人曾经将包交给你保管，你就可以放心地将自己的贵重物品交给一个陌生人吗？常言说‘害人之心不可有，防人之心不可无’，你不害人，就能保证别人不害你吗？”

听刘光兵这么一说，陈欣才恍然大悟，称自己这辈子都不会再做这样的蠢事了。

电话另一端的女人告诉刘光兵，十五年前上海市宝山区发生了一起抢劫杀人案，到现在还没有侦破。她知道杀人者现在在哪里……

# 十、上海滩命案

命案必破！这是公安机关对全社会的庄严承诺，也是公安机关的神圣职责。然而，在实际工作中，“命案必破”这四个字可不像写起来这么容易，也不像说起来这么简单。每一起案件的侦破都凝聚了人民警察的汗水和辛劳，以及非凡的智慧和不懈的努力。

这里要说的是一起警方苦苦奋战了十五年都未能破获的案件。刘光兵神勇地拿下了这起案件，再一次续写了“神探”的传奇。

案件发生在上海。刘光兵第一次接触到这个案件是在2012年6月。向前推十五年，也就是1997年的7月6日晚上九点左右，上海市宝山区虎林路某香烟批发商店里发生了一起抢劫杀人案，三十七岁的女店主章彩霞被杀死在店里，店主八岁的女儿被打成重伤，店内大量的香烟和现金被抢。

此案当时在上海滩引起了轰动。上海警方立即投入大量警力，全力侦查此案。但是上海作为一个大城市，外来人员众多，再加上现场留下的线索太少，警方用尽了手段也没能拿下此案。

然而，十五年来，上海警方一天也没有停止过对此案的关注。

时间到了2012年6月10日晚上八点多钟，忙了一天的扬州运东派出所副所长刘光兵正准备冲个澡，歇口气。这时，他的手机响了。电话里传来一个女人的声音，有点儿胆怯，好像还没准备好对刘光兵说什么就把电话拨了过来。从对方断断续续的表达中，刘光兵大致理出了头绪：这是个报案电话。电话另一端的女人告诉刘光兵，十五年前上海市宝山区发生了一起抢劫杀人案，到现在还没有侦破。她知道杀人者现在在哪里……

十五年前？那时候刘光兵还是个学生呢，一年后他才开始了交警生涯，这一干就是十四年。直到2003年12月，他才被调到扬州市公安局广陵分局运东派出所，成了一名刑侦民警，主要负责辖区内的案件侦破工作。刘光兵对发生在上海的这起凶杀案一点儿也不知情——不要说刘光兵了，就是整个扬州的公安部门，知道这个案件、记得这个案件的警察，恐怕也没有几个。

当时，整个派出所只有他一名刑侦民警，于是他就顺理成章地挑起了全辖区案件侦破的重担。尽管此案发生在上海，似乎与扬州没有多大关系，但这是发生在十五年前的积案，还是让刘光兵一下子来了神儿——案情就是敌情，一旦发生了案件，警察就会像战场上的战士那样，迅速地兴奋起来并投入战斗。

“上海宝山”、“十五年前”、“杀人”——刘光兵在脑子里滤出了这几个关键词。不过，那个时候的刘光兵，虽然只在刑侦战线上战斗了不到三年的时间，但是经过刻苦学习和积极努力，很快就进入了角色，拿下了不少有影响的大案要案，立下了赫赫战功，成了扬州乃至全省公安机关的一名“神探”。可以说，此时的他已经成了一名警龄不长但经验老到的刑警。经过几年的锻炼，他成了一名沉着、稳健、机敏、敢于啃硬骨头的合格刑警。因此，接到这名女子的报案之后，他没有毛毛躁躁地听风就是雨，而是冷静地分析了一下案情。都说警察有叱咤风云的气概，却缺少棉线穿针的细腻，这种说法是片面的。警察也是人，有豪放的性格，更有缜密的思维，哪一桩案件不是他们经过缜密的分析和细致的推理侦破的？

此时的刘光兵接到这个电话，首先要判断是真是假。从报案人的语气上分析，其中必有隐情。根据以往的经验，刘光兵知道这类报案人大多具有紧张、警觉、多疑、容易动摇等特点，不敢轻易暴露身份，不能完全相信警察。他们可能是一时冲动才报了案，过了冲动期便会后悔，往往是今天报了案，明天就会一个字都不承认。刘光兵现在首先要做的就是稳住对方，不给对方反悔的时间和空间。最好马上就与对方见面——一旦见了面，从心理上讲，对方反悔的可能性就会大大降低。

“你现在在哪里？”刘光兵怕惊了对方，故意轻描淡写地问了一句。

“你问这干吗？”尽管刘光兵已经很小心了，但是对方的语气还是有些不对头。

刘光兵及时调整策略：“不管你说的情况是不是真的，我都要感谢你对我的信任，我更欣赏你的勇气。”

“你是大名鼎鼎的神探，所以我信任你。”对方说。

“听你的口音，不像是本地人。”刘光兵尝试着和对方套近乎。

“是的，我不是扬州人，但在扬州生活了好多年了。我认识你。”

从“我认识你”这几个字中，刘光兵听出，对方有强烈的表达欲望，这让他不由得心中暗喜——他最担心对方是一个拒绝交流的人。

刘光兵必须在今天晚上见到她，因为到了明天就不知道她会怎么想了，而且当面表达和倾听的感觉与电话里大不一样。

“你在哪里？我去找你。”刘光兵说。

“没有这个必要吧，我在电话里已经把事情说清楚了。”对方不太愿意见面。

但是这个“吧”字表明对方的语气并不是很坚决——当刑警的一定要学会通过眼神和下意识的动作分析和判断出对方的心里是怎么想的，要能够找到打开对方心门的钥匙。

必须彻底消除对方的疑虑！于是，刘光兵说：“我以一名人民警察的党性向你保证，我一定会为你保密。”

“好……吧。”对方终于答应见面了。

为了表示尊重，刘光兵约她在附近的一个咖啡馆见面，可是对方不同意。刘光兵立即明白了她的意思，于是改约她在附近的一个偏僻的小树林里见面，并约定了“接头暗号”。

刘光兵穿上便装，从家里出发了。

这名操着外地口音的女子年龄在四十岁上下，从打扮上看是一位在城里生活了几年的农村人，既不土气也不洋气，不会说扬州话。

“再次谢谢你对我的信任。你说说具体情况吧。”面对面地说话，就可以直截了当一些了。

“具体情况我也说不清，只知道十五年前有人在上海杀了人。杀人犯一直在逃，现在就在扬州。”

“你和杀人者是什么关系？”

“这个可以不说吗？”

“可以。杀人案发生在上海的什么地方？”

“上海宝山的一个香烟批发店，具体地点我说不清。”

“具体案情你知道吗？”

“知道一点儿。1997 年 6 月份的一个晚上，有个人去抢香烟批发店，杀害了母女两个人。”

“杀人者现在在扬州的什么地方？”

那个女人说了一个地方，刘光兵记住了。

“好的，谢谢你提供了这么重要的线索。以后有什么情况再和你联系，好吗?”

“好的。我刚才用的是临时买的电话卡，没有登记。这个号码只有你一个人知道，以后你就打这个号码吧。”

“好的。我们见面的事，你不要对任何人说。你要是有什么困难，就直接找我吧，我会尽力帮助你的。”

从小树林里出来时，下起了毛毛雨，带来了一丝凉意。刘光兵感到有种说不出的惬意：看来报案的人基本上被他给稳住了，一场战役又要开始了。

第二天一上班，刘光兵就联系上了上海市公安局宝山分局，核实了与该案有关的一些情况。

毕竟十五年过去了，当年参与侦查案件的警察调走的调走，提干的提干，退休的退休，就连当年管理卷宗的人都找不到了，所以上海市公安局宝山分局的民警接到刘光兵的电话之后，虽然很重视，但查起来也花费了不少时间。管理卷宗的人员花了整整两天时间才查到了要找的案卷。原来，十五年前在宝山确实发生过一起杀人抢劫案，但当年只死了一个人，而不是两个人。

信息传到刘光兵这里，让他感到有点儿失望——死一个人和死两个人是有本质区别的，看来这不是报案人说的那起案件。不过，发生在十五年前、死者为女性、香烟批发店、抢劫杀人案、上海市宝山区……这些要素加起来，又非常符合报案者所说的情况。还有，上海那么大，说不定还有其他未侦破的案件呢!

刘光兵决定跑一趟上海，具体看一下卷宗，再找当年的知情人问问情况。

在上海市公安局宝山分局，刘光兵反复研究了当年的卷宗，越看越觉得这就是当年的那起案件。案发时母女俩在家，死者是母亲，女儿受了伤——报案人说当年女儿也被杀害了，可能是误传。

刘光兵请宝山警方与受害者的家人取得联系，包括死者的丈夫和女儿。死者的丈夫严正山的陈述印证了卷宗上记录的内容：案发时他不在家。当天中午十二点四十五分，他乘一辆厢式货车去浙江嘉兴进货，一直到晚上将近十一点钟时接到电话，得知家里出事了，便急忙往回赶。女儿确实被凶手击中了头部，当场就昏了过去，后来在医院抢救了三四天才苏醒过来。女儿确实没有死，而是受了重伤。刘光兵更加肯定了自己的判断：从“一死一伤”到“两人死亡”，一定是误传了。

就是这个案件！刘光兵心里有了数。

从上海方面得到的消息是，当时作案的是兄弟两个。受害的小女孩儿严慧称自己见过其中的一个人，此人到她家批过香烟。当时女孩儿还小，才七岁多一点儿，认知能力不强，对凶手的其他情况一无所知。这突如其来的恐怖场面让她处于极度的惊恐之中，有好长一段时间都处于“失忆”状态。直到 1997 年 8 月 18 日，她才在舅舅、舅妈的陪同下在宝山分局泗塘派出所做了笔录。

严慧记起了那个常来她家批发香烟的男子的模样：个子比她爸爸高一点儿，身材一般，面部骨架突出，梳着平头，上身穿一件 T 恤衫，年龄大概在三十六岁左右，有时会带来一个五六岁的男孩儿。该男子骑的是一辆红色摩托车，车后有一个架子，上面绑了根绳子，应该是用来捆香烟的。后来经小女孩儿指认，男子骑的应该是一辆“幸福 250”摩托车。此人一般是在晚饭前来批香烟，讲的是普通话。

如果换作是现在，凶手早就落网了，因为小女孩儿记得凶手的模样，并且记得她爸爸以前给凶手批发过香烟。但是，由于当时户籍管理制度不像现在这么严密，手段也不像现在这么科学，所以上海宝山警方没能掌握该男子的户籍资料。死者的丈夫严正山只记得平时来他这里批香烟的大多是安徽人。他平时一般不记录发货情况，一来二去大家都混熟了，只是具体姓什么、叫什么互相都不知道。严正山说，平时做生意，大家都处得很好，他没有得罪过什么人，没和别人结下过什么仇。宝山警方对周围的安徽人进行了拉网式的排查，却没有发现嫌犯。

至此，该男子是哪里人、住在什么地方根本无法查到。

到了2012年，当年的小女孩儿已经出落成了一个二十二三岁的大姑娘。刘光兵问她："如果杀你妈妈的人现在站在你面前，你还认得出来吗?""认得出来，烧成灰我也认得出来!"事情虽然过去了十五年，但严慧一提到凶犯，就怒从心中起，恨不得马上就把凶手抓起来剐了。

刘光兵陷入了沉思。嘿，有了！如果弄到报案人所说的作案男子的照片让女孩儿辨认，说不定就可以确定谁是嫌犯了。

回到扬州，刘光兵开始紧锣密鼓地开展外围调查。他首先联系上了报案人，详细了解了嫌犯的情况。报案人其实并不了解案件的具体情况，只是通过一次偶然的机会，知道凶手就在扬州。报案人所说的凶手是江苏邳州人，姓黄，叫黄德文，年龄大概在四十多岁。他有三个小孩儿，分别是十五岁、十三岁和十二岁，前面两个是女孩儿，最小的是男孩儿。

刘光兵巧妙地获取了黄德文的照片，又找了几个年龄与他差不多的男子的照片放在一起，传到上海，请那位幸存的女孩儿辨认。女孩儿一下子就认出了黄德文，说他就是十五年前的那天晚上杀害她妈妈的凶手。女孩儿一看到黄德文的照片就激动地叫了起来："老天有眼，终于找到你了！"那几天，刘光兵加大了对黄德文的监控力度，主要是防止他潜逃。但这个时候还不能动手——另一个凶手的情况还没有弄清楚。

另一个凶手是谁呢？前面出现的那个报案的女子知道吗？刘光兵又联系上了那个女子。那个女子说，据她所知，作案的是兄弟俩，现在弟弟就在扬州，哥哥在老家。

“你敢肯定?”刘光兵问。

“肯定!”女子回答得很坚决。

“凶手家里有兄弟几个，你知道吗?”刘光兵问。

“就两个。住在扬州的是弟弟。”女子回答。

那么，在上海作下大案的肯定就是住在扬州的黄德文和他的哥哥了。

天赐良机，黄德文的哥哥黄德武这几天要从老家来扬州。黄德文的大女儿在扬州读初中，二女儿在老家读书，暑假是在扬州度过的。黄德武在 2012 年暑假快要结束时来扬州，是想将黄德文的二女儿接回邳州去准备开学。8 月 28 日晚上，刘光兵带着一干人马将黄氏兄弟一举拿下。

上海警方一直没抓到这两个恶魔，扬州警方也是做了大量的前期工作才抓住他们。抓获这两个嫌疑人可以说是费尽了周折，甚至可以说是花费了十五年时间，但是出乎刘光兵意料的是，预审工作遇到了更多的困难。

黄德文虽然才四十出头，却已经是“二进宫”了：1994 年因盗窃三轮车被判了四年；1998 年因偷盗摩托车而潜逃在外，2002 年被抓获，判了两年。他也算是“久经沙场”了，对付警察可以说是“经验丰富”。

本来应该让上海宝山警方把黄德文带回上海去进行讯问，但刘光兵还是希望亲自上阵，把案情弄清楚了再把他交给上海警方。一来，黄德文长期生活在扬州，扬州警方的介入可以对他起到震慑作用。二来，作为一名逃犯，黄德文一定觉得刘光兵的“神探”之名如雷贯耳，这无形中会对黄德文产生一种压力。刘光兵信心满满，相信一定会有一个圆满的结局。

然而，刘光兵这回真的是遇上老狐狸了。

“黄德文，我们今天把你找来，是希望你能把事情讲清楚。”

黄德文沉默了一会儿，然后若无其事地看着天花板说：“我就是个收废品的，一不偷，二不抢，更没有去杀人，什么违法的事都没做过，你们凭什么抓我？”黄德文一脸的无辜。

“民警是不会无缘无故地抓人的。我们给你时间，你好好想想自己到底做了什么坏事。”

“真的想不起来了，最多也就是平时收废品的时候在秤上要点儿花招。”黄德文也许真的忘了十五年前所犯下的罪恶，也许是觉得事情已经过去十五年了，没有人会记得了，他甚至希望警察也忘了此事。

“这些鸡毛蒜皮的事，我们不要听。我们找你，是因为你犯了大事。”刘光兵说。

“犯了什么大事？”他好像在自言自语，又好像在反问警察。这个时候，警察在观察他的一言一行，他也在捕捉警察传递过来的一点点信息。他希望是最近发生了别的案子，警察抓错了人，但是如果警察一下子就点出了他十五年前犯下的罪行，他是会和盘托出的。不过，进派出所已经快两个小时了，警察根本就没有提到那件事，这让他对自己充满了信心。他甚至头脑有些膨胀，感觉警察就是在诈他。他认为，要是这样莫名其妙地被警察把案底给诈出来，岂不是冤死了！

“能不能再给支烟抽？”黄德文的烟瘾颇大，进来这段时间已经抽了四支烟了。尽管他抽烟和说话时都很镇静，但警察还是觉察到了他心里微妙的波动和不安。

“我们已经给你好几根烟了，对你够客气的了，可你却对我们一点儿也不客气，根本不配合。你也太不厚道了！”

“警察同志，要是真有什么事，我就说了，但我实在是想不起来自己做过什么坏事。”

注意，黄德文用了一个“想”字，透露出一个重要信息：他在“想”了，并且肯定“想”到了他最不愿意去回想的那一幕。在这种情况下，出于本能，他的态度一定会更加强硬。人都是怕死的，他必须紧紧地护住自己的底线——这是他的生命线。

黄德文什么也不肯说，只是不停地要烟抽，不停地要水喝，不停地要上厕所——他说他有前列腺炎，尿频尿急。

以上算是第一个回合，收获不大。

如果刘光兵现在就把十五年前发生在上海市宝山区的那起案件摆到桌面上，会得到什么结果？黄德文很有可能会一下子软下来。这对案件的侦查没有什么影响，但是对黄德文却有很大的影响——主动交代和抗拒有着本质的区别，会直接影响将来的量刑。刘光兵还是希望能在一定程度上挽救他，给他机会。

还有一种可能，如果刘光兵一下子把底兜出来，而黄德文却否认自己的罪行，也会给侦查工作带来麻烦。

刘光兵与各种各样顽固不化的犯罪分子打过交道，所以他并没有因为黄德文这种极不配合的态度而感到意外和失望，更没有气馁。他坚信，最终黄德文是会彻底低头的。

“黄德文，你想好了没有？你真的没什么可交代的？”第二个回合开始了。

“真的没有。”黄德文还是一副无辜的样子，满不在乎地仰着头，还不时地晃晃脑袋。

“难道是我们抓错人了？”

“警察抓错人的事又不是没发生过。”黄德文态度很强硬。

“你的意思是，我们真的抓错人了？”

“这个……你们要抓我，我也没办法，抓人的权力在你们手里。”

看来在“抓人”这个问题上就没有必要再纠缠下去了，得改变思路。

“黄德文，你来扬州十多年了吧！你家有三个小孩儿，大的十五岁，在文昌中学读书，这个不错吧？”

“你们抓人就抓人，调查这些干什么？”对于这些无关紧要的问题，黄德文总是很快就能接上话茬儿。

“关于你，我们掌握的情况太多了。你什么时候结的婚，什么时候进的监狱，住在扬州的哪个小区，在哪里租了个仓库……这些我们都知道。”刘光兵想要告诉黄德文，警方掌握了他所有的情况。

“还有你现在买的房子，我知道你大概花了多少钱。”刘光兵提到房子时，黄德文愣了一下。这一细节自然逃不过刘光兵的眼睛——这里面一定有文章。

“那你说我花了多少钱？”黄德文主动和刘光兵拉起了“家常”，一来可以缓解自己的紧张情绪，二来可以从警察那里探听到更多的信息。

“不超过五十万。”

“你是蒙的。”黄德文说出这个“蒙”字，是有含意的——你们警察就会蒙人，从一开始到现在一直在蒙我。

“如果是蒙的，为什么不说‘不超过一百万’？你把警察想得太简单了。”

“那你还知道我的什么情况？”

“知道得太多了。黄德文，咱们不要胡扯了，谈谈正事吧！我告诉你，我们既然把你抓进来了，就有把握不让你出去。你能保证自己一点儿问题也没有吗？”

黄德文低头不语。

“抬起头来！不说话不等于无罪。”

“我没什么可说的。”

“你不说，到时候可别怪我们不客气了。我们现在是在给你争取宽大处理的机会!”半天过去了，谈话的内容仍未涉及黄德文最害怕提到的那件事，这让他更加心存侥幸——警察有可能真的没有掌握他的“核心情况”，只不过是诈他而已。

“既然你们掌握了我的情况，那你们可以去问问，我做生意规矩不规矩，能不能吃苦。我能做什么坏事?”黄德文又绕回到原来的话题上来。

“我们没有说你做生意不规矩，也没有说你不能吃苦——你不要专拣这些无关紧要的事情说。我再说一遍，我们这次找你，是有更大的事。”

“那你们一定是搞错了。”

“我们搞错了?这么说，我们最好是放你走了?黄德文，你估计我们会放你走吗?”

“不会。”黄德文不停地扭动着身子，也许是坐的时间长了不舒服，也许是以此掩盖内心的不安。

“你怎么知道我们不会放你?一定是你做了坏事。希望你能爽快一点儿，把事情交代清楚!实话告诉你，你交代问题是迟早的事。长痛不如短痛，你还是趁早说出来为好。”

会不会是警察真的掌握了什么情况?不可能!十五年了，他一直都没有被发现，怎么偏偏在这个时候被发现了呢?扬州警察怎么会管上海的事?黄德文对自己这么多年的行为进行了仔细的梳理，自认为没露出什么破绽。2002 年那次被抓，老家的警察给了他那么大的压力，他差点儿就受不了了，但最终还是坚持没有说出来。这次警察既不骂他，也不打他，还给他水喝，给他烟抽，只不过是坐的时间长了点儿，有点儿腰酸背痛罢了，没有什么受不了的，一定能扛过去。

想到这里，黄德文勇气大增，居然敢与刘光兵对视了——自从被关进来以来，黄德文一直在躲避刘光兵的目光。他甚至要起了无赖:“你们要是有证据，就直接判我好了，最好判死刑。”

“这个我们做不到，因为我们不是法院。”警察们已经看出来了，黄德文虽然语气强硬，但却是在最后赌一把。他大胆地估计警察没有找到充分的证据，所以告诉自己一定要咬紧牙关，绝不能松口。

刘光兵觉得，再这样耗下去是不会从黄德文嘴里得到什么东西的，得来点儿真的了。

“黄德文，我们进来的时候，你看到外面的警车了吗?”

“看到了。”对于这些无关紧要的问题，黄德文回答得很爽快。

“看清是哪里的警车了吗?”

“没有。”

“那我告诉你，是上海的警车。我身边的这两位不是扬州的警察，而是上海的警察!”

听到“上海”二字，黄德文突然显得有些不自在，不过时间很短，一般情况下是不易被察觉的，但刘光兵和上海的警察都发现了这个异常情况。这下刘光兵心里有了底——黄德文动摇了。

在此之前，黄德文一直在寻思：为什么会是上海的警车、上海的警察?警察找上门来，是不是因为上海的事?但仔细看看，又不像。警察说这次找他是因为有“大事”，他立刻就想到了上海的事，可接下来警察却对上海只字不提，这又让他心存侥幸。就这样，他在恐惧与庆幸、希望与绝望中反反复复地来回折腾。

所以，当警察真的说出“上海”二字时，黄德文不由得愣了一下，因为他毫无思想准备。也就是这一愣，让明察秋毫的刘光兵捕捉到了。

长时间的沉默，长时间的对峙。黄德文不说话，警察们也不说话。这个时候沉默，对黄德文来说是件极其尴尬、极其要命的事——沉默就是默认。黄德文怎么会就这么默认了呢?这个时候他非常希望警察和他拉家常，哪怕是严厉地骂他几声都比一言不发强。

但警察们仍然保持着沉默。

这是第二个回合。黄德文渐渐地意识到了事情的严重性。他先前的侥幸心理已被“上海”二字击得粉碎，他只有低头认罪了。现在只剩下如何保留颜面的问题了——他刚才毕竟是一直在矢口否认。一个大男人，说了那么多谎，抵赖了那么多次，最后还是被戳穿了，这是件多么难堪的事啊！黄德文想保住最后一点儿尊严。然而，他稍微动动脑子就该明白，他作下的命案与这一点点颜面相比，孰轻孰重，那是再明白不过的事了。但这个时候黄德文没有动那个脑筋，他只是想拖时间，能拖多久就拖多久。

紧接着，民警们与沉默不语的黄德文之间展开了第三个回合的较量。

“黄德文，我们陪你说了近十个小时，其实是为了你好，可是你一点儿也不领情，一点儿也不配合我们的工作。”

这样的话，黄德文听得太多了。避重就轻是他惯用的伎俩，他不去和警察谈什么配合不配合的话，而是问刘光兵：“你们把我抓起来，关了这么久，最后还要把我送进大牢，让我掉脑袋，怎么能说是为我好？”

“谁说你要掉脑袋了？这是你自己说的。你又没干什么坏事，为什么会掉脑袋？”黄德文毕竟心虚，没有把每一句话都考虑周全，做到滴水不漏。这一次，他把自己也给绕进去了。

“那你们怎么说是为我好呢？”黄德文歪着脑袋反问。

“怎么不是为你好？我们现在做工作就是为了尽量保住你的脑袋。这个，一半要靠我们，一半要靠你的努力。”

“我老婆很辛苦，一个人要带三个孩子。”黄德文突然冒出这么一句，这表明在刘光兵的强烈攻势下，他的思想防线已经被攻破了。他不得不面对未来，面对最可怕的结局，这时候老婆、孩子是他最大的牵挂。

“我们会帮助你照顾老婆、孩子的，这个你放心。”刘光兵告诉他，辖区里有一个吸毒分子，因吸毒过量而死。他一直资助着这个家庭，无论是孩子上学还是家庭花销，只要有困难，他就会伸出援手。

到了这个地步，黄德文还是没有松口。在大约两个小时的讯问中，他把“老婆”、“孩子”、“房子”这几个词反反复复地说了有上百遍。

“黄德文，你看到墙上的大字了吗？一边是‘坦白从宽，抗拒从严’，一边是‘面对现实，把握未来’。你应该理解这十六个字的意思。”

“我的孩子还小，最大的十五岁，最小的十二岁，我老婆一个人怎么把他们带大呀？”

“刚才我们和你说过，这些你都不用考虑，现在关键是把自己的事情交代清楚，争取宽大处理。”

“杀人偿命。”黄德文向主动交代罪行迈出了一大步。

“不但要偿命，刑事责任附带民事责任，还要把你的房子卖了进行赔偿。”刘光兵步步紧逼。

“房子卖了，家就没了，老婆、孩子怎么活呀？”

刘光兵他们没有搭腔。

“我老婆不容易，跟着我吃苦受累，才买了房子，还有二十六万的贷款。”黄德文已经知道自己的下场了，他现在最放心不下的是自己的老婆、孩子和房子。

“你现在想到这些了，当初为什么要去做坏事啊？”

“其实我早就想死了，活着没意思。”到了这个地步，黄德文还是不肯爽快地交代自己的罪行。对于他的这些自言自语，刘光兵他们只当是没听见。

“你现在把事情说了，虽然不算是自首，但至少可以算是主动坦白，这不是最坏的结果。”

“坏结果，好结果，最后还不是一样掉脑袋!”其实黄德文已经在心里彻底认了罪，但就是不肯明白地说出来。此时警方也不着急了，因为黄德文老实交代只不过是时间问题。

“你如果好好配合，现在交代，还算是坦白，可以减轻罪责。另外，我们会给你三个惊喜。”

黄德文抬起头来，满怀期待地看着刘光兵：“哪三个惊喜?”

“第一，我们不会放下你的老婆、孩子不管的，一定会尽最大努力解决你们家的实际困难。第二，我们会尽量做工作，如实地向有关部门说明你们家的困难，争取不用你的房子赔偿受害人。这第三嘛，暂时不告诉你。”

从警这么多年，刘光兵资助过好几个困难家庭，这在辖区里是尽人皆知的。其实，刘光兵的家境并不好。妻子王诚萍十几岁时就患上了一种慢性病，这种病随时都有可能发作，导致昏倒，甚至危及生命。所以，妻子身边根本离不开人。刘光兵没有时间守着妻子，只能对妻子百般叮嘱：“一旦感到身体不适，就赶紧到医院去治疗!”满怀愧疚的刘光兵一有时间就陪在妻子身边。只要他在家，就会亲手给妻子输液。如今，刘光兵已成了输液的老手。不过，在扎针时，他只扎腿，不扎手。刘光兵说，手留着到医院时再扎，一旦手被扎得没位置了，妻子到医院之后会更受罪。按照医生当年的说法，王诚萍活不过三十岁，可如今她已经四十多岁了。

长期超负荷地工作，使刘光兵患上了慢性胃炎和咽炎，加之妻子的身体不好，他们每年在医药费上的开销要占家庭总开销的一大半。刘光兵身上穿的T恤衫是他四十岁生日时妻子给他买的，几年下来已经看不出当初的颜色了。多年来，他们全家没有到饭店吃过一顿饭，但刘光兵在办案过程中却拒绝受贿四万余元，拒绝吃请六十多次。在这种情况下，他仍在不停地救助别人。

当然，这种救助，刘光兵也是存着“私心”的。不少嫌犯担心自己被抓之后，亲人和家庭会受牵连，陷入巨大的困苦之中。为了让这些嫌犯更快、更彻底地交代问题，刘光兵承诺，一定会对他们的家庭进行帮助，解除他们的后顾之忧。

“我想见一下我老婆。”

“行。你要抽烟，我们给；要喝水，我们给；要吃饭，我们给；要上厕所，我们陪；要见你老婆，我们也可以满足你的愿望。你提出的条件我们都答应了，但你怎么就不领我们的情呢？我们这样陪着你，就是为了你那一句话，你怎么就不肯说呢？你也太不够意思了！”

“只要你们答应让我见我老婆一面，我就全都说出来。”此时的黄德文已是泪流满面，那是悔恨和绝望的泪。

“好的，我们答应你。不过，在你交代之前，我还要给你一个惊喜：你们杀的那两个人，母亲死了，女儿没有死。”

“真的？”黄德文不敢相信自己的耳朵，目不转睛地看了刘光兵好半天。

“当然是真的！那女孩儿命大，也是你小子运气好。不过，你知道人家这十几年是怎么过来的吗？”

黄德文的双肩猛烈地抽搐着：“我说，我全说！”

第三个回合，刘光兵他们大获全胜。

让我们来还原一下事情的经过。

黄德文有个哥哥叫黄德武，在上海市宝山区的一个小巷里开了个烟酒杂货店。不知什么原因，黄德武得罪了一伙山东人，小店被这伙山东人给砸了。无奈之下，黄德武只好把小店关了。此时的黄德文“一进宫”之后刚刚被放出来，没有正经工作，偶尔从老家邳州来上海的哥哥这里住上几天。小店被砸的当天，黄德文正好回邳州去了。听哥哥在电话里说起这事，血气方刚的黄德文怒从心头起，恶向胆边生，立即赶往上海，要找那几个山东人算账，打算拼个鱼死网破。

1997 年 7 月 6 日这天傍晚，黄氏兄弟合骑了一辆摩托车，带着一把十几厘米长的尖刀，直奔那伙山东人的住处。谁知他们到了那里却扑了个空，没找到那伙山东人。兄弟俩只好带着满腔的怒火打道回府了。

在回去的路上，兄弟俩一商量，还是要把小店开起来，不然在上海无法生存。黄德文也不回邳州了，想和哥哥一起守着这个店。兄弟俩说着说着就走到了黄德武往日进货的那个香烟批发店门前。他们停下来，想进去问问香烟的行情。批发店里只有老板娘和她的女儿在。老板娘以前与这兄弟俩打过交道，做生意时发生过摩擦，所以，一见是他们，老板娘就没好气地说："你们的小店不是关门了嘛，又来问什么？走，走，我要关门休息了！"

兄弟俩平时在上海就没少受上海人的气，再加上当时正在气头上，心中的不快立刻就爆发了。黄德文拔出装在包里的刀，冲着老板娘就是一阵乱刺。这一阵乱刺可谓"丧心病狂"，致使受害人当场死亡。哥哥黄德武打开柜台的抽屉，随手抓起里面的万把元钱，放到了包里。屋里的女孩儿看到了这一切，惊恐万分地喊妈妈。黄德文从外面抓来一块砖头，冲着女孩儿的头部就是一下，女孩儿也倒下了。

这时，屋外传来一个女人的喊声："杀人了！杀人了！"兄弟俩连忙骑上摩托车仓皇逃窜。

邻居听到小女孩儿的哭喊声之后，连忙赶了过来，发现女店主躺在血泊中，于是赶紧回家拨打了"110"。

案发后，他们逃回了邳州老家。上海警方一直没有得到有价值的线索，黄氏兄弟一直逍遥法外。第二年，黄德文结了婚。婚后第二年，黄德文又犯事了，在老家偷了一辆摩托车，带着老婆来扬州以收废品为生。直到2002年他奶奶去世，他回老家奔丧，才被当地警察逮了个正着，再次入狱。黄德文暗自得意，他这些年经风雨、见世面，过了一关又一关，就连在上海做的“大事”都始终没有败露。可是他万万没有想到，正当他自以为可以和老婆、孩子一起过上安稳日子的时候，“扬州神探”刘光兵居然找上门来了。

黄德文交代完了自己的罪行，和哥哥黄德武一起被上海市公安局宝山分局的民警带回了上海。